AF131501

Henry le Huitième

ALAIN HARMAS

Henry le Huitième

A. Iametti Éditeur

editionsalainiametti@gmail.com

ISBN : 979-10-96783-04-5

Prix : 11,67 €
(Art. 293B du GCI. TVA non applicable.)

PROLOGUE

*Lecteur, je suis venu avec l'intention de te dérider…
entre autres.*

*Note en passant que l'éclat de rire surgit souvent sur le
seuil des drailles conduisant aux drames.*

*Ouvrons les livres d'histoire, empilons les règnes passés,
observons le mille-feuille des parcours vécus : rois,
dictateurs, empereurs, césars, führers, monarques,
présidents… papes même. À quelques détails près,
l'enchaînement de leur ascension est quasi mimétique… les
prémices de gaieté se terminent en ultime solstice gâté !*

*Henri VIII, roi de 1509 à 1547, apparaît à lui seul
comme l'archétype du souverain redouté, un condensé de
tragique mégalomanie.*

*Il ne lui faudra que trente-huit ans pour créer un
cocktail politico-juridico-religieux authentiquement
vernaculaire. Son originalité résida dans l'art dialectique
de tordre les droits régaliens séculiers canoniques pour
parvenir à son indépendance insulaire. Sa méthode
contraste avec les autres révolutions comme 1789 qui
voulaient faire table rase par la force.*

*Certes, surgiront toujours des mégalomanes, mais si le
type « révolutionnaire sanguinaire » semble un peu révolu
pour avoir trop servi, en revanche je crois que le style
Henri VIII a de beaux jours devant lui par ce côté*

prédicateur de la prise de pouvoir ne dédaignant point la force démagogique... une éclosion récente.

Sauf que le prince n'est plus seul à manier l'hyperbole, à preuve nous assistons, désarmés, à l'inexorable marche des migrants, souvent soutenue par de misérables calculs politiques, autre forme de pouvoir qui impose leur nombre, leur projet de conquête et leurs règles religieuses... en fracassant les cadres culturels européens et en tordant le cou à tous les droits, y compris compassionnels.

Hélas, le retour sera impossible... la table rase aussi... il nous reste à imaginer le futur...

En attendant, lecteur, bien calé dans ton fauteuil, sers-toi ton hydromel préféré, c'est sans danger que tu feras connaissance avec mon Huitième, le clone d'Henri VIII. J'espère qu'entre deux éclats de rire, il te baillera matière à réflexion sur moult sujets... si tu es disposé à les entendre.

alain harmas

*L'astérisque * signale un terme ou une locution définis dans le « Glossaire ».*

LES PERSONNAGES

HENRY LE HUITIÈME
FIL
THOMAS
SCRIBE
BELL
STUMPF
GUS
GLOG
BONZE
L'EFF
N °1 ET N °2, LES DEUX POLICIERS
LA PEINTURE DE LA FILLE DE L'EFF
LE MAJORDOME EXOTIQUE ANGLAIS
UN JEUNE GARÇON COURANT
UN VIEUX MONSIEUR CLAUDICANT
LE BOURDON SACRÉ
LE SCHIBBOLETH

Premier tableau
Des jeux qui n'en sont pas…

On observera l'évolution d'Henry. Pour son anniversaire, son entourage organise un jeu de rôle dans lequel Henry est roi. Joue-t-il ou est-il vraiment fou ? Henry adopte des vêtements nouveaux, et porte une clochette qui ponctuera des attitudes et des propos anachroniques.

Nous découvrons son projet lors du dialogue avec Fil. Nous sommes dans un cadre où s'imbriquent la réalité et la loufoquerie.

Le premier tableau se terminera par la visite de Thomas qui répondra aux trois questions que pose la société : le biblique, le juridique, l'humain.

Il qualifie de « Schibboleth » l'hérésie d'Henry.

Henry et Fil discutent sur un banc placé sur un trottoir devant une grille. Rien ne permet de penser qu'il y a une hiérarchie entre eux, car leurs vêtements sont dépareillés… Ce sont des chiffonniers… La rue est déserte… Le décor est large et fuit en perspective… Henry tourne les pages d'un livre et chantonne des incantations. Glog arrivera, hésitant, avant d'adresser la parole à Henry…

HENRY. – Quand j'étais gosse… il y a longtemps… on jouait à ce jeu… on l'appelait *faire carmintrant*…* Avec les gosses du quartier, chacun tirait un personnage, puis il devait se grimer et se conduire pendant quelques jours selon le rôle qui lui avait été attribué…

FIL. – Tu avais quel âge ?

HENRY. – Moi… ah ! J'étais le plus jeune… le plus petit… le plus faible…

FIL. – Le souffre-douleur, quoi…

HENRY. – Aussi…

FIL. – Je ne connais pas ce jeu…

HENRY. – Alors là, je prenais ma revanche… sur les adultes… sur les autres… J'avais une astuce pour toujours tirer le personnage le plus important…

FIL. – C'est Gus qui a eu cette idée pour ton anniversaire… une mascarade pendant quatre jours… C'est un peu loufoque, non ?

HENRY. – Non !

FIL. – Ah bon ?

HENRY. – Non, non… ce jeu… me rappelle ces moments qui vous étreignent… Quoi qu'on fasse… quoi qu'on dise… quoi qu'on entreprenne… il y a toujours une impasse… On est nés en culotte courte et on n'en sort jamais… Où que tu ailles, c'est écrit sur ton front. *(La tirade commence par un ton de penseur et se termine par un ton de rage. Silence. Fil est étonné du changement soudain de ton, mais ne questionne plus. Henry prend une attitude un peu distante et sort un document de son sac.)* Tu permets ?… Je dois terminer cette lecture… avant…

FIL. – Je t'en prie… *(Soudain, on voit arriver dans la perspective un personnage qui avance lentement. Il est dans le même registre vestimentaire que les deux autres, mais semble un peu plus jeune… Il porte un havresac à l'épaule et semble chercher quelqu'un ou quelque chose…)* Salut !

Henry lève la tête, ne répond pas, il devient hautain.

GLOG. – Salut… on m'a dit que tu embauches…

HENRY *(le regardant longuement, comme s'il était ailleurs)*. – Explique-lui !

Fil se lève, s'approche de Glog et le tire doucement par l'épaule… Fil et Glog s'écartent d'Henry qui reste assis sur le banc dans une pose méditative, les jambes croisées…

GLOG. – Je viens au mauvais moment ?

Fil. – Il se recueille… Dans une heure… ça ira mieux !

Glog. – Oh ! Je ne savais pas… j'ai eu l'impression qu'il ne me reconnaissait pas…

Fil. – Laisse tomber… Le Mob* t'a choisi… il y avait d'autres candidats… c'est toi qu'il a retenu…

Glog. – Je suis honoré…

Fil. – C'est ça ! Ton poste est au carrefour à quatre cents mètres… Le soir, tu reviens ici… tu verses soixante-cinq pour cent…

Glog. – Tous les soirs ?

Fil. – Peu importe la météo… tous les soirs… après, tu es libre… tu peux crécher au gîte… mais c'est dix sous-francs la nuit !

Glog. – J'ai un sac…

Fil. – Tu peux le laisser ici… il ne risque rien… c'est comme tu veux… Va prendre ta place… on ira te voir dans la journée…

Glog vient voir Henry, qui est dans une position de grand seigneur. Il tire une sonnette de son sac et l'agite, tel l'offertoire lors de la messe…

Henry. – Va, mon fils ! *(Glog regarde Henry.)* Allez, va !

Glog regarde Fil, puis s'éloigne le long du trottoir et disparaît au bout de la perspective du boulevard… Fil revient vers Henry… Une musique de style baroque s'élève du sac d'Henry… Fil ne s'assied pas à côté d'Henry, il reste debout à deux ou trois mètres et l'observe avec curiosité.

HENRY *(coupant soudain le son)*. – J'ai faim !

FIL. – On peut aller chez Bonze ?… le Chinois… si tu veux… pour parler de ton projet…

HENRY. – Moi, j'y vais ! Toi, tu restes ici !

FIL *(dépité)*. – Bon… tu ne veux pas que l'on discute… sur ton… ?

HENRY. – Non !

Il se lève… il est majestueux… Il s'éloigne en tenant un bourdon de marche à la main droite, on entend le son du bâton qui cogne le sol selon un rythme cadencé… Lorsque Henry a disparu, entrent deux personnages…

BELL. – Où il est ?

FIL. – Chez Bonze… il avait faim !

SCRIBE. – Tu as téléphoné… on est venus pour l'affaire…

FIL. – Il faut tout voir avant qu'il revienne… tu notes ce que l'on aura dit…

BELL. – Il y a déjà plusieurs mois que son fils est mort… Que se passe-t-il ?

FIL *(prenant le temps pour choisir ses mots)*. – Je crains… je ne sais pas encore comment redéfinir Henry… depuis quelques heures… mais… je le trouve très…

BELL. – … très…

FIL. – … très bizarre… Katy ne peut plus avoir d'enfant… Henry veut un héritier… mais on dirait qu'il déraille… Pour tout vous dire, je le trouve soudain un peu fêlé…

BELL. – Ça fait dix ans qu'il est à la tête des chiffonniers, le Mob, pourquoi tout d'un coup lui faut-il l'adhésion des caciques pour faire un gosse… ? Il est dérangé, le sachem…

FIL. – Tu as de la chance qu'il ne t'entende pas…

BELL. – Tu lui en causeras…

FIL. – Mais non… ça n'a aucun intérêt…

SCRIBE. – Laisse-le parler… raconte !

FIL. – Voyons, il y a huit ans… tous les caciques ont donné leur accord pour ses épousailles avec la fille des Zoneux… Depuis, il est à la tête d'une très grande famille… Henry en a déduit qu'il était devenu le Mob absolu…

BELL. – Et à quand remonte cette absolue déduction !

FIL. – Quelques heures… dès le moment où nous avons décidé de jouer ce carnaval où chacun prend un rôle… Henry se prend pour le Huitième…

SCRIBE. – Le roi anglais ?

FIL. – Oui, il le prend en exemple… Katy n'a pas réussi à lui faire des héritiers… alors… il veut la larguer… mais… façon royale…

BELL. – Et quelle est la perle qu'il compte enfiler ?

SCRIBE. – Attends…

FIL. – C'est une nana de la ville… la fille du Grand L'Eff…

BELL. – Non… il yoyote du bitos*, le Mob !

FIL. – Oui, mais…

BELL. – C'est une bourge d'Orient… Paraît que son dab est le boss d'une centaine de surfaces que même les condés ne s'y aventurent plus… Il déraille, Henry… il lit trop…

SCRIBE. – Où est le souci ?

FIL. – Il y en a plusieurs… D'abord, le dab de la péronnelle n'est pas croisé…

BELL. – … Il jacte un autre credo… chanté cinq fois par jour…

FIL. – C'est ça… ça vient d'là-bas…

SCRIBE. – Si Henry veut épouser une fille d'un autre zèle, il faut qu'il entonne lui aussi les mêmes refrains… il y a des contraintes.

FIL. – C'est pas tout…

BELL. – Il y en a encore ?

FIL. – Oui, Henry prétend qu'il a été marié à l'Église des croisés… il a décidé que Thomas écrirait au pape pour annuler son mariage avec Katy, sa légitime…

BELL. – Au pape… ? Mais il est givré… Pour quel motif ?

FIL. – Mauvaise poule… Il veut une bonne femelle bien gravide… une descendance royale !

BELL. – C'est peut-être lui le mauvais coq… va savoir !

FIL. – Avec cette union… Henry voudrait encore plus de pouvoir… il pourrait créer un mouvement… Il est en train d'en écrire les versets… il l'appelle *L'Émergence lucide*… mais il lui a donné un nom dans un autre jargon… je ne m'en souviens pas !

BELL. – On partait d'un simple jeu, on arrive dans un souk… Qu'est-ce qu'on vient foutre dans ce bazar ?

FIL. – Henry demande le soutien des caciques…

BELL. – On pourrait en savoir un peu plus… ?

FIL. – C'est tout… tu prends ou tu laisses… Si tu prends, tu as les rognons couverts… Si tu laisses…

SCRIBE. – … tu as les rognons à l'air… *(Silence… Scribe lit ses notes… Bell tourne sur lui-même… Fil attend.)* Il faut donc informer tous les caciques ?

FIL. – Voilà ! Il t'a mandaté pour ce boulot… Henry veut aller vite… il veut donner une réponse dans trois jours…

SCRIBE. – Quelle réponse ?

FIL. – Le pape annule le mariage… Henry formule sa demande officielle au dab…

SCRIBE. – Trois jours… Que je téléphone au pape… Mais il est fada, le Mob… Je ne vais même pas passer la porte du concierge… Téléphoner au Vatican… tu veux rire !

FIL. – Tu as vu Henry… rire ? Le téléphone, c'est pas fait pour les caves… Tu le joues, ton *carmintrant*… oui ou non ?

SCRIBE. – Bon… mais il y a encore un os !

FIL. – Gros ?

SCRIBE. – Thomas !

FIL. – Thomas ?

BELL. – Qu'est-ce qu'il a fait ?

FIL. – Henry l'a rencontré… au sujet de cette affaire… il a écouté… il n'a posé aucune question… mais, quand Henry lui a demandé d'approuver… il a répondu…

SCRIBE. – … qu'Henry n'avait pas besoin de lui… pour jouer cette comédie.

FIL. – D'où tiens-tu cette information ?

SCRIBE. – J'ai vu Thomas !

FIL. – C'est tout ce qu'il a dit ?

SCRIBE. – « Oui… » il a ajouté… Tu sais comment il répond avec ses elliptiques réflexions juridico-biblico-intellos… Puis il a haussé les épaules… il a employé un mot que je n'avais jamais entendu… puis il s'est barré en rigolant !

BELL. – Rien que ça ?

SCRIBE. – Ben... rien que ça n'est pas seulement ça... Thomas ne joue pas à notre mascarade !

BELL. – C'est son affaire !

FIL. – Ouais, sauf qu'Henry est furieux... Bon, Scribe... tu as compris... ce qu'on te demande... Tu as trois jours... tu téléphones au pape... tu lui parles gentiment, mais fermement... Tu vois le style ?... À question fermée... il doit répondre oui... puis tu fais ton compte rendu...

SCRIBE. – Bon, je téléphone au pape... mais s'il refuse de m'écouter ?

FIL. – Tu es chez Guignol... alors tu joues ton rôle... Chaque chose en son temps... On verra la suite... en fonction des réponses.

SCRIBE. – J'aimerais savoir...

FIL. – Ce n'est pas à toi de déterminer les urgences... Tu vois, Thomas, lui aussi, il a répondu... Si c'est ainsi, chacun y trouvera son compte...

BELL. – Le pape aussi ?

FIL. – Pourquoi pas ?

SCRIBE. – Je vais d'abord téléphoner aux caciques... ils me donneront le ton... Après, j'irai voir Thomas... puis le pape... parce que je les connais tous, ils vont immédiatement téléphoner au gardien du temple… avant de causer… J'y vais…

FIL. – Attends, Henry arrive !

Henry a revêtu une toge dont le col et les revers sont ornés de fourrure… La taille est ornée d'un énorme ceinturon de cuir… Il arbore un collier de grand seigneur auquel pend un lourd talisman… Il porte un grand bourdon plus haut que lui… À l'épaule pend également une sacoche de cuir… Tous le regardent venir avec stupéfaction…

HENRY. – Salut, les crapauds… Fini de coasser ?

BELL. – On voulait te saluer… mais…

HENRY. – J'étais absent… je suis allé me substanter chez le Bonze !

SCRIBE. – Moi, j'aurais dit « sustenter »…

HENRY. – « Substanter » est un terme rare… C'est bien normal qu'un ignare comme toi ne le connaisse pas… Et que me vaut votre visite ?

SCRIBE *(se raidissant, Fil lui faisant signe de poursuivre)*. – Eh bien, recueillir des nouvelles sur ta santé… tes projets… divers points…

HENRY. – Comme tu vois, je vais bien… j'ai revêtu ma toge de délibération… pour te causer !

26

BELL. – Et… tu… as engagé un nouveau au carrefour… très fort… C'est stratégique, ce point… Il a pris son poste ce matin… C'est vrai, il y avait un manque…

HENRY. – Eh bien, le manque est comblé selon mes décisions… On verra ce soir ce qu'il vaut, ce cloporte… À part ça… c'est tout ?

BELL. – Ben, oui…

SCRIBE. – On avait terminé avec Fil…

HENRY. – Alors, salut, les batraciens… *(Il sort sa clochette et l'agite.)* Cassez-vous… il faut qu'on cause ! *(Scribe et Bell s'éloignent… Henry reprend sa pose majestueuse sur le banc, en méditation, assis en tailleur. Henry regarde fixement devant lui et prononce doctement :)* Ils sont au clair ?

FIL. – Oui.

HENRY. – Ils ont jacté quelques bémols ?

FIL. – Non !

HENRY. – J'en doute !

FIL. – Je t'assure !

HENRY. – Je ne te crois pas… Le Bell, il est un peu louf… Quant à Scribe, il est réglo… mais nul !

FIL. – Pourquoi tu lui as confié ce rôle de messager ?

HENRY. – Justement parce qu'il n'est pas chabraque* ! Il faut des types comme lui… qui pensent ce que tu veux qu'ils pensent…

FIL. – Tu crois qu'ils vont tous s'aligner ?

HENRY. – Ils pensent à leur cul de gniards*… d'abord à leur cul ! Je suis le suprême, n'est-ce pas ? Avec moi, qu'est-ce qu'ils récoltent ? … une garantie de sénateurs à vie couverts aux as…

FIL. – Tu crois qu'ils ont oublié…

HENRY. – Ils oublient tout quand il s'agit de leur petite personne…

FIL. – Sauf que c'est toi… *(Il tente de se reprendre pour changer de sujet…)* Bon…

HENRY *(ordonnant froidement)*. – Tu vas poursuivre ce que tu voulais dire…

FIL. – C'est… pour le bien… de la communauté…

HENRY. – Je me fous de ta morale… Si tu commences à moufter*… alors va jusqu'au bout !

FIL. – Les caciques… c'est bien toi qui les as postés sur leur strapontin… Ce faisant… tu as éliminé d'autres prétendants…

HENRY. – C'est vrai… des rigolos, des petits-bras qui s'affranchissaient des règles, ils concoctaient des affaires dans mon dos avec mes atouts... Me faire ça à moi Henry le Huitième !

FIL. – Sauf que... les élus se souviennent qu'ils peuvent se faire virer... passer de la lumière à l'obscurité... pendant que les autres attendent pour accéder aux feux de la rampe...

HENRY. – C'est de la politique... Tu as vu tous ces lèche-cul ?

FIL. – Ça t'excite !

HENRY. – N'est-ce pas le dab qui nippe* le barjot ?

FIL. – Sauf que le dab... dans la réalité de la République, il a été élu par le peuple...

HENRY. – Et alors ?

FIL. – La voix du peuple lui confère la légitimité pour nommer le barjot...

HENRY. – Et pas moi ?

FIL. – Ben...

HENRY. – Pas moi ?

FIL. – Tu ne diriges pas une authentique République... c'est ça la base du problème...

HENRY *(hurlant)*. – Pas moi... !

FIL. – Tu n'as pas été élu par le peuple...

HENRY *(sautant du banc, prenant son bourdon et le levant pour le fracasser sur la tête de Fil, qui ne bouge pas, tandis que le bâton tombe en se brisant sur le dossier du banc…).* – Putain, je suis élu par notre peuple…

FIL. – Ton peuple n'est pas le peuple… tes lois ne sont pas les lois…

HENRY. – Chaque peuple détient sa propre logique… Cette logique m'a élu… à la tête… J'suis pas un ringard… moi…

FIL. – Si ça t'amuse… Mais ton peuple… vit dans un espace qui est régi par des lois supérieures aux tiennes, qui, elles, sont légales, et contre lesquelles tu ne peux rien… car tu ne peux pas les changer… elles rendent tes règles obsolètes… Tu es dans l'obscurité… Là, tu borniques* en plein… tu es illégal…

HENRY. – Mais pour les avantages que je donne, là je suis légal… Tu m'emmaverdaves*… le Fil…

FIL. – C'est pour ton bien, Henry… Tu pousses le jeu un peu trop loin, non ?

HENRY *(semblant se calmer).* – Tu vas cesser de jacter… mon pote… Ici, le mec qui a raison… c'est moi ! Tu entraves… Alors tu vas causer dans ce sens… sinon je te casse…

FIL. – Ça ne changera rien…

HENRY. – Mais il est con, ce mec… Qu'est-ce que tu fous à côté de moi ?… Tire-toi… tu me fais de l'ombre… Allez, tire-toi !

FIL *(se levant, saisissant sa gibecière et passant la bretelle par-dessus son épaule, puis s'en allant…).* – Adieu !

HENRY *(restant seul et s'asseyant, le bâton brisé à la main, le regardant puis le jetant… Fil a presque disparu quand Henry l'appelle :).* – Mais où il va, ce glandu… ? Fil… ! *(Il saute du banc.)* Fil, viens, j'ai quelque chose à te dire…

FIL *(répondant de loin).* – À une condition…

HENRY. – Toutes les conditions… tu reviens… j'accepte toutes tes conditions…

FIL. – Une condition…

HENRY. – Laquelle ?

FIL. – Tu écoutes ce que je te dis !

HENRY. – Bon, ça, c'est facile…

FIL *(revenant lentement).* – Justement parce que c'est facile… mais tu n'y parviens pas…

HENRY. – Je sais pourquoi…

FIL. – Tu sais pourquoi tu ne m'écoutes pas ?

HENRY. – Oui !

FIL. – Dis !

HENRY. – Viens !

FIL. – Il y a une seule raison ?

HENRY. – Une seule, je te jure !

FIL. – En un mot ?

HENRY. – Un seul mot !

FIL *(s'arrêtant à quelques pas de lui et attendant)*. – J'attends !

HENRY. – Tu compliques tout !

FIL. – Ah !

HENRY. – Je n'ai pas de temps à perdre… moi !

FIL. – Oh !

HENRY. – Ils veulent ma perte !

FIL. – Qui ?

HENRY. – On m'a nommé Huitième… Depuis, des forces veulent ma chute… Alors il faut que tu m'aides, Fil… que tu me conseilles… tu le fais si bien !

FIL *(revenant, s'asseyant en tailleur au bord du trottoir, sur le sol loin d'Henry, et comptant sur ses doigts)*. – Bon, un, je complique ; deux, tu ne veux pas perdre de temps ; trois, tu te crois en danger ; quatre, tu es légitime… Ça fait quatre raisons de ne pas m'écouter… et si tu permets, j'en rajouterais une cinquième : … ton monstrueux orgueil… qui est d'ailleurs la seule raison… Henry… je t'en prie… dis-moi… qu'est-ce qu'il se passe ?

HENRY *(restant assis sur le banc, style innocent)*. – Mais rien… il ne se passe rien… Mais si tu n'étais pas à vingt pas de moi, je te fracasserais la tête…

FIL. – Tu n'as plus de bourdon… pour frapper…

HENRY. – J'en trouverai un autre…

FIL. – Et lorsque je serai fracassé, qui te tiendra compagnie dans les mauvais moments ? Qui te soufflera les conseils que tu ne veux jamais suivre, mais que tu appliques en urgence ? Qui calmera les assaillants contre toi avant qu'ils n'arrivent devant ta chaise ?

HENRY *(implorant)*. – Fil, viens… je suis mal… j'ai comme un cercle qui m'enserre la tête… Lorsque tu me fais ta leçon, j'ai les rhumatismes qui grincent… mes genoux jouent des castagnettes… mes tripes fabriquent des chiasses… mes mains tremblent… Je te maudis, fils de pute… Je vais mourir et tu me laisses agonir…

FIL. – … « agoniser »…

HENRY. – Quoi ?

FIL. – « Agoniser » se dit de l'instant avant la mort… « agonir » se dit lorsque tu m'injuries…

HENRY. – J'avais donc raison… *(Il se lève, se penche et prend derrière le banc un nouveau bourdon…)* Fil… j'ai trouvé un nouveau bourdon… Attention à tes côtes…

FIL. – Il y a encore une dizaine de bourdons derrière le banc…

Henry ne se lève pas, bougonne, sort son livre et sa clochette, puis l'agite… Il s'enferme dans sa comédie, lit mais jette de temps en temps un coup d'œil à Fil. Clochette. Fil est toujours assis en tailleur, mais ne regarde pas Henry : il médite.

HENRY. – Je te hais !

Vigoureuse agitation de clochette.

FIL. – C'est ça !

HENRY. – Je t'aime !

Douce clochette.

FIL. – C'est ça aussi ! (*On restera un certain temps dans cette position… Henry est de plus en plus instable sur son banc ; Fil est de plus en plus immobile sur son cul, quand soudain arrive un groupe de quatre personnes : les caciques. Henry, qui a vu le groupe qui s'avance, change soudain d'attitude… Son instabilité se transforme en position hiératique de monarque orgueilleux : il plante son bourdon debout entre ses jambes, redresse le buste et prend une expression lointaine et froide…)* Ça te va beaucoup mieux…

HENRY. – Je reprends du souci… tu voulais me chasser de mon rôle…

FIL. – Ben, voyons !

Le groupe arrive à la hauteur de Fil, loin d'Henry.

SCRIBE. – Eh… y aurait-il… une faille ?

FIL. – Que nenni, mes gentilés… Henry testait son discours… Alors je me suis posé à quelques pas pour qu'il puisse « syntaxer ses oralises dans le vent »… sans retenue… C'est ainsi que jadis, le rhéteur Quintilien exerçait les Césars… Vous vouliez audience, grands vassaux ?

SCRIBE. – C'est ça !

FIL *(se levant, époussetant ses vêtements, arrangeant sa coiffure, puis se redressant…).* – Je vais m'enquérir voir si Sa Grâce est libre… Je vous hélerai lorsque Sa Seigneurie répondra… *(Il s'avance respectueusement vers Henry qui n'a pas bougé, droit comme un I majuscule, et regarde droit devant lui…)* Votre Scribe messager vous envoie vos vassaux, féaux, zélateurs et dévoués, ils demandent un entretien…

HENRY. – Cela demande réflexion… Si c'est pour la noble cause… ça tient !

FIL *(criant au groupe)*. – Est-ce pour la noble cause ?

BELL *(criant à son tour)*. – Ouais… sur son divorce !

HENRY. – Fais-les taire, ces maquereaux… ils n'ont pas à publier cette situation sur les toits…

FIL *(criant encore plus fort que Bell)*. – On ne crie pas sur le divorce futur d'Henry… *(Henry lève son bourdon. Fil, toujours hurlant, baisse progressivement de ton :)* Achtung… Take care, messeigneurs… *(Il fait le signe d'assener un coup avec un bâton…)* L'avant-dernier bâton, il l'a cassé sur ma tête… *(Il montre le bout de bâton restant.)* Soyez attentifs !

HENRY *(fier)*. – Je consens qu'ils avancent… pour déposer leur tribut !

FIL *(chantonnant, façon chœur de l'opéra)*. – Avançons, avançons… avancez, avancez !

SCRIBE *(sur le même mode)*. – Notons ! notons !

HENRY *(autoritaire et débonnaire)*. – Prenez place ! *(Remous dans le groupe, car il n'y a aucun siège pour s'installer… Les arrivants restent debout.)* J'écoute !

BELL. – Nous aussi !

HENRY. – Quel est ce nouvel affront ?

BELL. – On ne peut pas répondre à une question qui n'a pas été posée !

HENRY. – Fil… que dit ce crétin ?

FIL. – Sire, vous vous méprenez sur le patronyme de naissance de cet émissaire… Ce sieur crétin est l'honorable Bell qui vous demande de formuler votre question… à laquelle il se fera un plaisir insigne de répondre… N'est-ce pas, docte émissaire ?

BELL. – C'est ça !

STUMPF. – C'est terne !

HENRY *(fier et triomphant).* – Et on en parle dans les journaux ?

STUMPF. – Subalterne !

FIL. – Vous lisez les journaux ?

HENRY. – Et toi, là, le gugusse, qu'est-ce que tu en dis ?

GUS *(poussant une carriole d'enfant).* – Moi Gus… j'a lu…

HENRY. – Je ne te parle pas des articles des journaux…

GUS. – Moi… j'a pas marié…

HENRY. – Je ne te parle pas de tes femmes, mais de ma descendance…

GUS. – Moi… j'a pas petits enfants…

HENRY. – Bon… Pourquoi t'es venu ?

GUS. – Moi…

HENRY. – Moi, j'va… Ça va pour cette fois-ci, radoteux* !

Silence. Le groupe est en panne de contenu…

FIL. – Je suggère… si Sa Grandeur le permet… *(Henry fait un geste de la main en signe de magnanimité)*… si vos caboches l'entravent… *(tous approuvent)*… de nous élever au-dessus de la mêlée fangeuse et de nous hisser sur les nimbes des compréhensions sublimes du devenir humain… *(Silence… On attend.)*

Me suivez-vous ? *(Hochements de tête de tous les témoins.)*

Chacun ici… nonobstant sa crapoteuse culture… a ouï les discours, lu les colonnes, retenu les paragraphes épars et rencontré Henry le Huitième… n'est-ce point ?

Je vais donc néanmoins remettre de l'ordre dans ce « peuzzeule »…

Sachons néanmoins reconnaître le déroulement structurel qui permet la clarté… Nous sommes typiquement dans ce processus qui naît de l'enchaînement entre le continu et le discontinu… Chaque ontologie ici présente subit sans le savoir l'étrange pointillisme de la production de la conscience en miettes… Si nous croisons les mémoires de chacun de nous, que nous les empilons dans une stratification verticale, vue de haut, nous distinguerons les failles… les discontinuités… qu'il faut combler afin d'agréger une même voix harmonique qui résonnera ensuite pour accoucher une réponse…

GUS. – Moi… j'a pas accouché…

Des chuts s'élèvent de part et d'autre… Gus se recroqueville sous la menace du bâton.

FIL. – Je te félicite… car tu piges le discours…

GUS *(s'apprêtant à parler)*. – Moi…

FIL. – Mais à présent… écoute-moi, tu causeras ensuite… Donc…

HENRY *(d'une voix colérique)*. – Élevez-vous enfin… marmiteux* !

FIL. – Donc…

GUS. – Moi… j'a pas marmit… heu…

HENRY *(pétri de noblesse, redressant le buste et levant les bras au ciel).* – Seigneur ! Aidez-moi…

GUS. – Moi… j'a aidé toi… pas Seigneur… pas vu lui !

HENRY *(regardant intensément Gus).* – Saint Théodule, viens à mon aide… Celui-là, ce n'est pas un clodo, c'est une antique allégorie…

GUS *(rassuré, devenu docte).* – Ça bien !

FIL. – Donc… je continue… quant aux maillons ontologiques de la compréhension… *(il regarde bien chaque participant pour apprécier leur niveau d'attention)*… totalement satellisés dans le méplat cosmique infini, ils devaient sous la houlette du Mob ici présent… *(Henry incline doucement la tête)*… se réunir afin de branler le cogito… l'heure est grave ! Mais à présent que sont réunis les nabis*… que sont comblées des failles de la connaissance… faut-il traiter de l'avenir… autrement dit, de la continuité afin d'éviter la discontinuité… ?

GUS. – C'est simple !

HENRY. – Comment ça, simple ?

GUS *(vite).* – Tu vires ta meuf et tu en prends une autre…

LE GROUPE *(élevant des cris d'orfraie, déférents)*. – Ah ! Non ! Pas ça ! L'horreur…

FIL. – L'ordre… la morale… la loi… la tradition… la famille séculaire… le protocole des grands…

BELL. – Pourtant… je crois que Gus a raison…

HENRY. – Comment ?

BELL. – Oui… Pourquoi on invoque… ton protocole… ? C'est la troisième meuf officielle que tu prends… Chaque fois que tu as lâché la précédente, tu ne nous as pas convoqués… pour te donner quitus !

HENRY *(docte)*. – Le monde évolue… moi aussi !

STUMPF. – C'est bien terne…

HENRY *(à l'intention de Fil)*. – Explique !

STUMPF. – Mais qu'est-ce que je fais ici ? *Was mache…*

FIL. – Étudions un cas… Bell, par exemple… Tu règnes sur un espace… Pour le conquérir, tu as usé d'un certain nombre de moyens… disons, pugilistiques…

BELL. – Musclés, tu veux dire !

FIL. – Justement, voudrais-tu qu'un Bell bis fasse de même ?… t'expulse de ton fief ?

BELL. – Qu'il arrive !

FIL. – Alors, que fais-tu ?

BELL. – Ben, je l'attends !

FIL. – Sans doute… mais pas uniquement…

BELL. – Je bétonne les abords !

FIL. – Tu sécurises…

BELL. – Ensuite… j'édicte des fonctions pour mes caves… alentour !

FIL. – Tu crées ton administration…

BELL. – Puis… je dézingue le premier emmerdeur qui se pointe !

FIL. – Parfait !

BELL. – Enfin… je gamberge sur des proses de règlements !

FIL. – Tu écris une Constitution…

GUS. – Moi, je…

FIL. – Tu fais pareil… c'est clair… il y a un mot qui résume cette activité…

STUMPF. – Ce n'est point « subalterne » !

BELL. – C'est normal !

FIL. – C'est logique !

GUS. – Moi, j'…

FIL. – Je résume : vous sécularisez !

BELL. – Quoi ?

STUMPF *(pensif)*. – *Was mache ich hier ?*

FIL. – Analyse… Ta puissance personnelle est… personnelle… tu l'as acquise par la force contre l'adversité… Tu établis un ordre nouveau associé à de nouveaux privilèges… les tiens ! Ainsi, tu établis une sorte de nouvelle légalité qui va s'imposer… tu sécularises… car tu fais entrer légalement tes privilèges… ce qui est le projet d'Henry…

HENRY. – Henry le Huitième ! Je précise !

BELL. – Si tu le dis !

GUS. – Moi… j'a ajouté… autre…

HENRY. – Quoi ?

GUS. – Moi… j'a dégommé les connards… eux, vouloir opposer… moi…

FIL. – Chacun son vocabulaire…

GUS. – Moi… j'a pas entendu « sous »… j'a entendu « dessus » !

HENRY. – Au moins, avec toi, c'est clair !

STUMPF. – C'est ça, plutôt interne !

FIL. – Tu devrais faire des efforts de renouvellement, Stumpf !

HENRY. – Comment dis-tu… *ad agenda* ?

FIL. – Revenons à notre ordre du jour…

GUS. – Moi… j'a pas compris… changer quoi… toi… tu largues ta régulière… tu culbutes l'autre… moi… j'a pas t'emmerder… moi… pas problèmes…

FIL. – On est d'accord sur la finalité… il faut l'embellir !

GUS. – Alors… moi, j'a pas compris ?

BELL. – Écoute, mon petit…

GUS. – Moi dire toi… pas dire « mon petit »… moi casse gueule toi…

BELL. – Mon grand… ça va ?

GUS. – Moi… content, c'est mieux !

BELL. – Si j'ai bien compris la requête du Huitième… en fait, il fait cas de la forme…

HENRY. – C'est ça ! La forme est le point essentiel…

BELL *(encouragé par l'assentiment d'Henry).* – Tu vois !

GUS. – Moi… dire forme… temps perdu !

FIL. – Je comprends… il faudra analyser ce point… perdre du temps pour en gagner… voyons…

BELL. – Il me semble que Gus a raison…

FIL. – Je vous rappelle qu'Henry a été uni à Katy selon les sacrements de notre famille…

BELL. – Mais il n'y avait pas de curé !

FIL. – « Sacrement » ne signifie point « curé » !

STUMPF. – Qui sacre, alors ?

HENRY. – On veut dire que toute la famille était en accord pour que je crèche avec la donzelle… Donc si je la quitte… il faudrait que le clan soit aussi en harmonie avec moi…

GUS. – Moi… j'a déjà dit ça !

HENRY. – Toi… mais… tu n'es pas seul !

STUMPF. – On lanterne…

FIL. – Eh bien, éclaire-nous avec !

BELL. – C'est une affaire privée… au fond…

STUMPF. – … subalterne…

FIL. – Tu es libre… grand sachem…

GUS. – Moi… j'a pas dire… ça !

Grand silence. Gus n'est pas sur la même ligne d'indifférence que les autres caciques.

FIL *(murmurant)*. – Et pourquoi ?

GUS. – Toi… bouillaver* la nana que toi vouloir… mais pas turbiner* avec ses dabs…

FIL. – Tu peux éclaircir ?

GUS. – Moi… j'a dit !

FIL. – Il veut dire… qu'il te donne l'absolution pour tes ébats avec la minette de ton choix… mais il ne te donne pas quitus pour une relation avec le père de la meuf !

GUS. – Moi… j'a dit ça !

FIL. – Serait-ce lié ?

BELL. – En fait, comme les grands seigneurs des siècles anciens pratiquaient les alliances de sang par les liens de la chair, tu veux agrandir ton territoire par le mariage… Qu'y a-t-il à redire à cette décision… ? Nous grandissons avec lui…

STUMPF. – Une réflexion bien paterne…

FIL. – Dame !

GUS. – Moi… j'a dit pas pouvoir grandir avec…

FIL. – Pourquoi ?

GUS. – Moi… j'a dit… eux prendre pouvoir… nous perdre pouvoir !

STUMPF. – *Und ich muss bezahlen…* tu verras !

Grand silence devant ce constat… qui attend une traduction.

FIL. – Il a dit… « Et en plus, je dois payer ! » Qu'en dis-tu, Grand Nabi ?

Jusque-là, Henry a été très calme… il a écouté et laissé s'écouler les avis des uns et des autres sans intervenir… Mais soudain, on lui demande de se dévoiler…

HENRY. – Parce qu'il faudrait que je me confesse ?

FIL. – Pas exactement !

HENRY. – Moi, je… vous nomme… dans ce merdier chaotique…

FIL. – Sans doute…

HENRY. – Moi, je… vous protège… contre les autorités…

FIL. – C'est clair…

HENRY. – Moi, je… vous assure… l'avenir et les rognons…

FIL. – Certainement…

HENRY. – Et moi, je… dois me confesser… à vous… des minuscules qui n'existent que par ma patience…

FIL. – Et…

HENRY. – Alors parce que je voudrais transformer ma vie…

STUMPF. – J'alterne…

HENRY. – J'alterne avec l'externe…

FIL. – C'est toi qui voulais ce symposium…

HENRY. – Pour chier cette merde ! Tu parles d'un symposium…

BELL. – « Symposium » n'est pas synonyme d'« harmonium », mais parfois de « rebellium »… On voulait des réponses…

GUS *(péremptoire)*. – Moi… j'a… pas vouloir le dab de la meuf !

Henry est debout, son bourdon à la main : il est ulcéré… Les personnages autour de lui s'écartent…

HENRY. – Vous me cassez les burnes… des jocrisses*… des tordus… des salestimbanques… Moi… me confesser !… alors que vous n'êtes que des nabots… grenouilleurs… minables… Oui, je m'allie parce que je le veux… Qui parle ici de perte de pouvoir… ? Le dab, c'est moi qui le tiens… *(Il brandit son bourdon, mais le geste reste en suspens, car il voit que le groupe regarde derrière lui : un nouveau personnage est arrivé et l'a écouté, un peu éthéré, ironique dans l'expression. Henry se retourne, change d'attitude et se calme.)* Ah ! tiens… Salut, Thomas !

THOMAS. – Salut, amis !

HENRY. – Tu viens à point !

Henry presse Thomas de s'asseoir sur le banc… L'assemblée semble très respectueuse devant le personnage de Thomas.

THOMAS. – Non, je ne souhaite pas m'asseoir… je ne fais que passer… ou plutôt… je suis venu lorsque j'ai reçu ta missive… m'invitant à vous rencontrer…

FIL. – Tu connais le cadre de ce qui nous occupe…

THOMAS. – « Connaître »… je n'en suis pas certain…

FIL. – Ma lettre n'était pas claire ?

THOMAS. – Avant la clarté, nous avons la nuit, puis à nouveau la clarté… tu comprends…

FIL. – C'est bien obscur… La clarté cacherait-elle la nuit ?

THOMAS. – La lumière masque la nuit suivant l'angle sous lequel on se place… Alors j'ai chargé ma besace et je suis venu à mon rythme vous trouver pour ouïr le dernier photon de vos lumières…

FIL. – Le sujet est simple : Henry veut quitter sa bergère parce qu'elle ne lui donne pas de descendance… il veut s'unir à une future qui est fertile…

THOMAS. – Et en quoi… sommes-nous acteurs de ce mouvement de fertilisation ?

FIL. – Henry souhaite ta bénédiction…

THOMAS. – Il faudrait dénouer un lien et oindre un nouveau nœud… c'est-à-dire deux actes antinomiques…

FIL. – Si tu veux…

THOMAS. – Ce n'est pas qu'un vœu… c'est un processus… juridico-religieux…

HENRY (*hésitant… suppliant…*). – Mais c'est… po… ossible… nnnn… on ?

THOMAS. – Il n'y a pas que cela…

HENRY *(commençant à devenir moins douceureux)*. – Mais… c'est ma descendance qui est en cause…

THOMAS. – C'est un élément… mais où est-il écrit ? dans quel code, dans quelle règle, dans quel cadre constitutionnel ?

HENRY. – Mais c'est notre loi !

THOMAS. – Montre-moi ce texte !

Henry se raidit et frappe le sol avec son bourdon.

FIL. – La coutume…

THOMAS. – La coutume n'est pas la loi… Quantité de couples sont restés ensemble… alors même qu'ils ne pouvaient pas avoir d'enfant… Il n'est pas dit : « Unissez-vous et si vous n'enfantez point… alors séparez-vous ! »

HENRY *(haussant la voix)*. – Mais c'est logique !

THOMAS. – Ta logique n'est pas la logique !

FIL. – Cela fait quelques contraintes…

THOMAS. – J'ajoute !

HENRY. – Quoi ?

THOMAS *(calme)*. – J'ajoute… j'entrevois que l'on voudrait dénouer sa culture pour en nouer une autre… par simple intérêt personnel…

Très grand silence… Henry commence à perdre patience… Il s'extrait du cercle, s'avance vers la rampe et frappe le sol… Les autres le regardent.

HENRY. – Quel beau tableau !

Il reste loin du groupe.

THOMAS. – En réalité, il faudrait qu'un exégète saint se déclare capable de définir la raison de rompre… pour qu'un nabi prononce le nouveau nœud !

FIL *(levant une main pour avoir le silence)*. – Autant de points contraires à résoudre, est-ce possible ?

HENRY. – Moi, je croyais être entouré d'amis sûrs, je vous fous mon billet, je vais vous larder les côtes, mes salauds…

Il assène un coup de bourdon sur une borne, mais le bâton n'éclate pas… Il s'acharne dessus, sans résultat… Fil se déplace et va vite prendre un nouveau bourdon derrière le banc pour l'apporter naturellement à Henry, qui lui tourne le dos.

THOMAS. – Mais tout ce qui vient d'être énuméré avec ton concours, mon cher Fil… n'est rien… l'essentiel est ailleurs…

HENRY *(se rapprochant lentement)*. – L'essentiel… est ailleurs ?

THOMAS *(se retournant)*. – L'essentiel…

HENRY. – C'est quoi l'essentiel ?

Henry et Thomas sont désormais face à face à quelques centimètres l'un de l'autre.

THOMAS. – Ton escobarderie* !

HENRY. – Ma ?

THOMAS. – Ton !

HENRY *(éructant et prenant Thomas par le col)*. – Je t'aime, Thomas… trop sans doute… Je t'ai laissé la bride sur le cou… Je croyais seulement que tu plaisantais… mais tu voulais me dénigrer… me rabaisser… comme un vulgaire…

THOMAS. – Henry, nous sommes tous des vulgaires puisque nous ne sommes pas des saints !

HENRY. – Je règne… moi !

THOMAS. – Sur un strapontin…

HENRY. – Ces crapauds… là… ne seraient pas ce qu'ils sont sans moi…

THOMAS. – Ils ont grandi sans toi…

HENRY. – Parce que je l'ai voulu…

THOMAS. – Sauf qu'en multipliant tes épigones*, tu taris ta graine génitale… tu t'épuises, Henry !

HENRY *(se mettant en colère)*. – Je…

THOMAS. – Eh ! Tu as parfaitement compris… L'argument qui fonde ta manœuvre serait l'infertilité de ton épouse… Tu prétends te soucier de ta descendance… Tu plaisantes ? Ta pirouette, je le répète, n'est qu'une fumeuse escobarderie… et cette fourberie masque l'essentiel…

HENRY. – Ne me dis pas ça !

THOMAS. – Car l'essentiel, c'est ta volonté d'alliance avec l'autre cranquet*…

HENRY. – Tu me nargues… Thomas !

THOMAS. – À présent, je sais par ta bouche… ton attitude… ton regard… ce que tu penses…

HENRY. – Seul le sang de mon futur était l'objet de ma lettre…

THOMAS. – Un artifice affectif… une simple lettre… une manipulation ! Mais maintenant, je te vois, je t'entends, je te hume, j'ai le parfum de ta rouerie… Je vais me pencher sur ton texte !

HENRY. – Une prière à ta sagesse…

THOMAS. – Tiens donc… une prière enfumée de flatteries…

HENRY. – Je me déclare dans trois jours…

THOMAS. – Un besoin éjaculatoire urgent, en somme !

HENRY. – Toi, un sage… dégoiser si bas ?

THOMAS. – Tout sage est comptable lui aussi de ses besoins… autant les avoir résolus… un acte physique naturel…

HENRY. – Bon… dans trois jours !

THOMAS. – Tu auras ma réponse dès la première heure de ce troisième jour fatal…

Mais avant de te bailler mon viatique clair et limpide, laisse-moi te donner mon appréciation sur ta latitudinaire* attitude… afin que tu comprennes cette vartigolerie* qui consiste à s'accorder des libertés dans les principes de droit d'une règle de vie… celle qui t'a vu devenir ce que tu es… pour assouvir ta volonté d'escamper des oripeaux qui te gênent et mieux transgresser…

Je qualifie ta nouvelle extase orgasmique… de paravent misérable… car derrière ce supposé élan égocentrique paternel, tu dissimules un projet qui remet en cause nos équilibres… Tu vois, Henry, lorsqu'on lance un machin, on en note le début mais jamais la fin… Je me méfie de ton alliance…

Je me méfie de ton nouveau… *Schibboleth*…

HENRY *(hors de lui, attrapant Thomas par le col, visage contre visage)*. – *Schibboleth !* Me traiter de *Schibboleth*… Tu vois, Thomas, s'il le faut, je trancherai la tête de tous ceux qui me gênent… la

tienne, y compris… Je t'aime encore, Thomas…
Eh bien, j'attends ton oraison, mais si elle ne me
convient pas… je déciderai seul !

*Puis Henry le relâche, tourne les talons, regarde le
groupe et quitte le plateau en faisant claquer le bourdon
sur le sol.*

*Le groupe reste silencieux et stupéfait… Thomas sort
du plateau lorsque tombe le rideau.*

Rideau.

Deuxième tableau

Éclosion de la folie…

Ce tableau va vivre la progression de la folie d'Henry…

Si Henry est fou, les autres personnages jouent cependant un étrange jeu. Henry se compare à Henri VIII d'Angleterre, il proclame sa légitimité et décide de créer une nouvelle religion.

Il souhaite casser lui-même son mariage afin de pouvoir épouser la fille de L'Eff.

Nous sommes toujours dans la rue, devant et au pied d'un escalier venant d'une passerelle qui le rejoint à 90 degrés. Henry et Fil arrivent de la gauche sur le trottoir pour se rendre on ne sait où. Henry s'arrête et se pose sur les deux premières marches, un peu en hauteur. Fil porte une chaise pliante qu'il déploie sur la chaussée, s'assied et attend. Fil est patient.

Long silence. Henry, appuyé sur la rampe, lit…

HENRY. – C'est inadmissible… *(Soudain, lentement, arrive Glog qui a été embauché au premier tableau pour faire la manche au carrefour, sauf qu'il entre à reculons. Henry, surpris, le regarde venir…)* Qui est-ce ?

Fil. – Ton dernier recruté…

Henry. – Il remonte le temps ?

Fil. – Il a peut-être plusieurs visions… une devant, une derrière…

Glog s'arrête à six pas règlementaires et exécute une rotation militaire sur lui-même. Au moment où il est face à Henry, il le salue, puis il continue son mouvement, s'arrête et se retrouve de dos, mais face au public.

Henry *(criant).* – Combien ?

Glog *(criant à son tour).* – Quarante-deux et des piécettes…

Henry *(agacé).* – Combien me revient ?

Glog. – Soixante-cinq pour cent de quarante-deux et des piécettes font… vingt-sept et quelques piécettes…

Henry. – Bon, on arrondit à trente… Tu peux aller te coucher.

Il agite la clochette.

Glog *(toujours en reculant, passant devant Fil et lui comptant l'argent).* – J'va chercher min sac* ! *(Pendant tout ce temps, Henry le regarde… Glog* *disparaît pour réapparaître avec son sac, en marchant normalement.)* Valbongnuit ! *(C'est son salut du soir.)*

HENRY. – C'est ça ! *(Silence pendant que Glog disparaît, puis Henry s'adresse à Fil :)* Tu le trouves comment ? *(Fil hausse les épaules.)* ... Tu as des nouvelles de Thomas ?

FIL. – Si on veut…

HENRY *(s'impatientant).* – C'est ça, monsieur se prend pour important… il ne répond pas sur le reculeur de temps… moi, il m'oublie !

FIL. – Thomas étudie les questions !

HENRY. – Pourquoi les questions ?

FIL. – Il étudie tes questions…

HENRY. – Pourquoi *mes* ?

FIL. – Il étudie… la question !

HENRY. – Ah ! et ?

FIL. – C'est en cours !

HENRY. – T'es dézingué* ou bien tu complotes… Fil… fais gaffe !

Henry descend les deux marches… Fil se lève et plie son siège… Henry, hautain, marche devant… Le plateau reste un moment vide… Arrivent les caciques qui descendent de l'escalier : Bell, Scribe et Stumpf… Puis un moment après, Glog revient en flânant… Tous s'installent au pied de l'escalier… Ils sont restés vêtus en chiffonniers un peu maffieux… Chacun a un territoire de prospection pour faire ses affaires et commettre ses larcins.

BELL. – Alors, mon petit Glog… tu as bien bossé ?

GLOG. – Ça va…

STUMPF. – Combien il t'a soutiré, le Mob ?

GLOG. – Soixante-cinq du cent !

BELL. – La vache !

GLOG. – Ouais, mais avec sa protection, j'suis peinard… Avant, j'étais au carrefour des Esclapieux… je me faisais écharper par les romanos… des nanas en plus… Les salopes… elles attaquent en groupe, elles décrassent les pare-brise… Quand j'arrivais, elles me foutaient des seaux d'eau allongée de lessive… impossible de bosser…

Arrive Gus, venant de la droite du plateau… Il pousse une voiture d'enfant chargée de vieilleries en tout genre et porte un parapluie ouvert sur l'épaule. C'est le clochard grand style. Il a des guêtres US. Il sort lui aussi un siège de sa carriole et s'installe avec son grand parapluie…

GUS. – Moi… j'a maux agacins*…

BELL. – Ça ne lansquine* plus… ferme ton pébroque*…

GUS. – Moi… j'a dire… Toi Bell, tout doux… la cloche !

Il plie son parapluie et le pose sur la carriole… Silence.

SCRIBE. – Bon ! Nous sommes tous là ! Faut causer… Qui dit… le premier mot ?

BELL. – Je trouve que… Henry n'est plus… Enfin, on joue ou on est dans le réel ?… qu'est-ce qu'il cherche ? J'entrave que nib*… à cette histoire !

STUMPF. – Tu le dis ici… pas devant le Huitième… il t'a aidé… grave !

BELL. – Je sais… je ne peux pas… ne pas le voir, non ?

GUS. – Moi… j'a dit… il a tous aidés nous… ici… alors toi dire pas comédie… mais pour aider… c'était comédie, toi encaisser ! Non ?

BELL. – Bon… je ferme ma gueule !

GLOG. – Je suis le dernier… C'est Fil qui m'a branché… « Viens pousser ta pointe », qu'il a dit…

SCRIBE. – Si je te résume… on joue la comédie pour son anniversaire, mais Henry transforme la galéjade* en farce pour lui permettre de larguer sa meuf et d'en prendre une autre…

GLOG. – Et alors ?

SCRIBE. – Alors… rien ! Il fait ce qu'il veut… nous n'avons rien à voir dans cette affaire !

GLOG. – Mais enfin… c'est vous qui avez lancé cette comédie…

BELL. – Oui, une semaine de rigolade…

GUS. – Moi…

BELL. – À présent, il prend sa mission au sérieux… Est-ce un prétexte ?… Il veut s'allier aux autres… les Allodapos*… du Croissant…

STUMPF. – S'il fait ça, le Henry, il nous déclasse… on devient subalternes… Les Allodapos sont venus coloniser… les zones… Ensuite, plus personne n'y entre.

SCRIBE. – Mais non… pas tout à fait…

GUS. – Moi… j'a donne raison à toi… Les Allos… gros pouvoir… pas partages… gros familles… dangereux… nous pas rester à la place… descendre loin… voilà mouscaille…

GLOG. – Donc… si Henry s'allie avec sa nouvelle femme… il gagne des territoires… et nous perdons nos rentes…

STUMPF. – Le chef des Zallopados va restructurer… on l'appelle l'Igétis*… tu savais ?

BELL. – Stumpf, écoute-moi, on dit « Allodapos »… Scribe, pourquoi il t'a demandé de téléphoner au pape ?

GUS. – Moi… j'a ri beaucoup… Le pape… débâcler* le collage d'Henry… il rêve ! Il s'en fout, le cureton*…

BELL. – En plus, la fille a été bénie avec des bulles de champagne… je m'en souviens parfaitement… il y a à peine quatre ans… c'est pas un mariage… donc il débloque !

SCRIBE. – Bon… je voudrais… je pense… mais je ne sais pas si…

STUMPF. – Accouche ! Balance-le, ton coup de grelot !

SCRIBE. – Enfin… le pape, c'est ridicule… il est un peu dérangé… Qu'est-ce que le curé vient faire dans le mariage d'un pignouf* qui n'a jamais été marié ?

GUS. – Moi… j'a entendu la cloche dire…

BELL. – Appelle-moi par mon nom… Gus…

GUS. – Moi… j'a entendu toi… Bell dire… « Il yoyote du bitos, le dab ! » Vrai ça ?

BELL. – Vrai !

GUS. – Qu'est-ce que veut dire « yoyote » ?

SCRIBE. – T'as jamais joué au yo-yo ?

GUS. – Ben…

SCRIBE. – Alors pourquoi ta question ? Il me demande d'appeler le pape pour le divorcer… tu trouves ça normal ?

GUS. – J'a rien compris… rapport !

STUMPF. – Tu peux pas… t'as un handy… moi, j'ai le numéro… alors essaye !

SCRIBE. – T'es malade ?

STUMPF. – Non ! Henry te demande… tu le fais…

GUS. – Moi… j'a dit toi… avoir raison…

BELL. – Pourquoi pas ?

GLOG. – On ne pourra pas dire que l'on ne joue pas… il faut être dans le jeu !

SCRIBE. – Mais…

BELL. – Va !

Scribe sort son téléphone, monte sur les marches et consulte l'écran à grands coups de doigt pour faire défiler les textes – c'est un appareil dernier cri…

GUS. – Moi… j'a pas même bigo… toi avoir où ça ?

SCRIBE. – Laisse tomber… Les Magasins des Grands Boulevards… tu connais ?

GUS. – Moi… j'a pas allé si loin…

SCRIBE. – C'est gratuit… y a qu'à se servir…

GUS. – Moi… j'a dit toi, moderne !

STUMPF. – Tiens… *(Il tend à Scribe un petit carnet d'adresses.)* C'est celui-là… pour le pape à Rome…

SCRIBE. – C'est l'authentique ?

STUMPF. – Mais bien sûr…

BELL. – Vas-zy ! Carillonne !

Silence du groupe.

SCRIBE *(s'énervant sur le téléphone à force de chercher, puis regardant le groupe, l'air désolé).* – Putain…

GLOG. – Si tu commences comme ça avec le curé, t'es mal barré !

SCRIBE. – Ça va ! *(Il tapote le numéro sur le téléphone, puis patiente en piétinant sur place…)*

Pronto ! (Il écoute longuement.) Si, sono francese… Vorrei parlare al Papa… si, aspetto un momento…

BELL. – Mais tu parles italien ?

69

SCRIBE. – Tais-toi !... Non, pas vous... Oui... j'écoute... Ah... Bonjour, *Papa* ? Non... *Lei* êtes pas *el Papa* ? « Segretario di stato » ! *Oh scusi... buongiorno...* Voilà... j'ai une requête... pour mon chef... grand chef... oui... très grand... un maestro... si... il veut divorcer... Pourquoi ? Parce qu'il veut un *bambino... la sua donna non può* gestationner... Voilà... il demande que *el Papa* accorde la bénédiction pour *divorziare...* Si... Comment... ? s'il est marié ? Mais bien sûr... *dove* ? *En Francia... La città* ?... *Non so... una parrocchia... aspette ! (Il se tourne vers Bell.)* C'est quoi, *una parrocchia* ?

BELL, GLOG ET STUMPF *(chantant en chœur, tel un cantique grégorien).* – ... La paroisse... l'église... amen !

SCRIBE. – *La chiesa, si... (Il écoute un long discours, puis :) Dove ?...* À Saint-Ouen-Ouen... Quoi... ? Il n'y a pas de paroisse à Saint-Ouen-Ouen ? Alors il n'est pas marié... Comment ?... *(Il écoute et cherche ses mots.)* Mais... ma... *allora...* marié ailleurs ? Non, *Grande Pater...* pas ailleurs...

Donc *per Lei, il grande maestro francese è libero...* il ne s'est pas marié... Donc... *può sposare la sua* Dulcinée... *novella* !

È vero ?

Bene, grazie ! Grandissimo Pater !

Scribe tape sur le téléphone… Fier, il reste un instant à dominer les autres sur son escalier… Puis applaudissements des membres du groupe… Le parapluie tombe de la carriole de Gus… Stumpf va le ramasser et le pose sur l'escalier ; Gus n'est pas content.

BELL. – Bravo, Scribe… le dab est libre…

STUMPF. – Non… c'est seulement le premier front… il reste encore… *(il compte sur ses doigts)*… et Thomas…

BELL. – Mais puisqu'il ne s'est pas marié avec un curé… on a fini avec Rome !

STUMPF. – Quelle belle scène… ! Mais avec Henry, il va falloir jouer entre sa faille du bitos et la réalité des choses… Tu comprends, il mélange tout et nous, on est au centre de ce tout…

GLOG. – Tu as raison…

GUS. – Moi… j'a compris… Huitième veut Papa sacraliser lui au ciel… comme roi… ça donne pouvoir… Après, il marie l'autre nana… gagne les zones… des ailleurs… gratuit…

BELL. – Tu veux dire que si le pape casse le mariage… il place Henry sur un grand pied… il l'élève… à un rang supérieur ?… Mais enfin, Henry, c'est un bouseux-clodo… comme nous…

GUS. – Moi… j'a dit… mariage avec minette est prétexte… Henry veut plus être bouseux-clodo !

SCRIBE. – C'est pas bête… ce que tu dis !

GUS. – Moi… j'a dire toi… pas bête moi…

SCRIBE. – C'est ce que je dis : toi pas bête…

GUS. – Moi… j'a dire toi… toi dire pas bête… mais penser bêta…

BELL. – Mais non, Gus…

GUS. – Moi… j'a dit toi… ta gueule…

STUMPF. – Mais qu'est-ce qu'on lui a fait ?… Gus… calme-toi.

GUS. – Moi… j'a dit… parapluie donne à moi…

STUMPF. – Mais il ne pleut pas…

GUS. – Moi…

STUMPF. – Ça va… ça va… le voilà, ton pépin !

Gus ouvre le parapluie, le cale sur un montant de la carriole et se place bien dessous. Une main sur la carriole d'enfant, il ne bouge plus et se met à bouder… Puis, il sort une bouteille thermos et une tasse de sa carriole, les pose sur un support, se sert une tasse de thé et la boit avec style.

SCRIBE. – Qu'est-ce qu'on fait avec Henry ?

72

BELL. – Il faut le laisser réagir à la bulle de Rome…

SCRIBE. – Dans trois jours, il veut que toutes les réponses soient rapportées…

Silence du groupe qui réfléchit… Gus sort une serviette pliée en quatre très propre, prend sa tasse et l'essuie avec art, puis replace le thermos et la tasse dans la carriole…

Soudain, Henry et Fil arrivent… Ils s'arrêtent à leur hauteur. Henry est habillé en roi baroque : il porte une mince couronne sur la tête et a revêtu un long manteau avec un col d'hermine, ce qui renforce sa stature royale. Il semble heureux… Fil ouvre son pliant et s'assied assez loin du groupe.

HENRY. – C'est gentil de venir à ma rencontre… *(Le groupe répond par des attitudes diverses, mais aucun ne dit mot.)* Je viens de me nipper, visez ! Faut plaire, j'ai fait les frais d'un tas de cuchons pour relinger le mec*… c'est pas de trop… correct, non ? *(Il se déplace comme un mannequin de mode et présente le manteau… l'hermine… la ceinture… Il a un immense bourdon ayant une tête sculptée et une clochette qui pend à un cordon autour du cou… Il sonne… Il est ridicule.)* Lorsqu'on accède au plus haut sommet, il faut en être digne… *(Le groupe le regarde, mais ne répond toujours pas…)* Vous êtes muets d'admiration… je constate.

BELL. – Il faut du temps… pour apprécier…

GUS. – Quand on érigera la statue du royal chiffonnier, on te prendra pour modèle !

HENRY. – Bouseux… Évidemment, mon évolution vous estomaque… ce qui est normal pour des êtres immobiles tels que vous… Moi, j'évolue… Moi, je me transforme… Moi, je me recrée… *(Il s'approche de Bell et le toise.)* Tu crois qu'il suffit de rester le cul sur un siège et d'attendre le Messie pour dire : « Ah ! j'ai vécu ! » Moi, je regarde sous la chaise… Qui sait s'il n'y aura pas un sou de perdu à ramasser… ? Je me lève le cul !

BELL. – Sans doute… tu as progressé…

HENRY *(ironique)*. – Sans doute… progressé ? J'en veux pas de ta gnognotte… Sans cesse, je me pétri, moi, pour être un autre… une colossale mutation… ce n'est pas un doute mais une certitude… Je deviens ce que je veux… au-delà de toutes limites… Je vais te dire… c'est pas mon manteau qui vous stupéfie, c'est ma chair qui se transforme, ça vous fout le bourdon de voir ma mutation transcendante… *(Progressivement, il s'anime de voir qu'on lui laisse la parole et que personne ne dit mot.)* Moi, je suis parti de rien… et même… j'étais le huitième… tout pour les aînés… Les autres… ils me cassaient sans cesse, me forçaient à les servir… Oui, moi, j'ai appris à lire tout seul dans les BD… L'école… inconnue pour moi… tout pour les autres… Personne me soignait, j'ai eu toutes les maladies… Alors… les vieux… m'ont vendu dans une école pour les pauvres… J'ai appris le métier… vingt-quatre heures par jour… Ça continue… on ne veut pas me donner de descendance… à moi ! À moi ? Henry le Huitième… C'est-y pas injuste ?… Non mais… il y a une injustice sur ce territoire… Alors je vais rectifier la justice !

GUS. – Moi… j'a dire que femme pas donner enfant… c'est nature… toi pas dire injuste.

HENRY *(l'apostrophant de loin).* – C'est ça, plus tard tes enfants seront autour de toi pour te donner la becquée lorsque tu ne pourras plus remuer ton cul…

GUS. – Moi… j'a pas femme… trop cher !

HENRY. – Regarde-moi ce gros porc égoïste…

GUS. – Moi… j'a dire toi… pas dire gros porc égoïste…

HENRY. – C'est ça, monsieur serait un saint Vincent de Paul par hasard… Et pourquoi tu as une carriole pour mouflets*… ? Alors que tu n'en as point, monsieur le réactionnaire ?

GUS. – Moi… j'a…

SCRIBE *(lui coupant la parole).* – Gus, attends ! Nous avons quelque chose à dire à Henry…

HENRY. – Enfin ! Je passe mon temps à devenir grand et ces messieurs causent… alors que j'ai donné des ordres… Il faut que le hasard me conduise devant ces messieurs pour qu'enfin, ils me disent qu'ils ont un message… ça, c'est fort ! Alors accouche…

SCRIBE. – Voilà… j'ai… enfin… on… a… eu… Rome au téléphone.

HENRY *(se pavanant, se dandinant, devenant beau et se gonflant comme une grosse grenouille)*. – Bon, c'est réglé !

SCRIBE. – Le coup de fil est réglé…

HENRY *(changeant brutalement d'attitude)*. – Et qu'est-ce qu'il dit, le pope ?

SCRIBE. – Il n'est pas pope !

HENRY. – Qu'est-ce que tu chantes ?

SCRIBE. – Il est pape !

HENRY. – Je le sais !

SCRIBE. – Alors pourquoi tu dis « pope » si tu sais ce qu'est un pape ?

HENRY. – C'est une métamorphose…

SCRIBE. – Tu veux dire une « métaphore »… un transfert… ?

HENRY. – C'est ça, monsieur se prend pour un académicien…

SCRIBE. – Que nenni… je cherche à comprendre ta littérature…

HENRY. – C'est mon point de vue…

SCRIBE. – … en figures de style…

HENRY. – … de mon style…

SCRIBE. – Aussi !

HENRY. – J'ai raison ou pas ?

SCRIBE. – Sur ce point, on se rejoint…

HENRY. – Bon, accouche…

SCRIBE. – Pour ta gouverne, le pope est un prêtre orthodoxe… le pape est successeur de Pierre…

HENRY. – Tu vois ! Pierre a eu un fils et moi, j'en ai pas… !

SCRIBE. – Nous avons eu le secrétaire du pape…

HENRY. – Le secrétaire ? et pourquoi pas son concierge, sa femme de chambre, sa cuisinière… sa maîtresse… ?

SCRIBE. – Le pape… était… loin… il était…

GUS. – … malade !

SCRIBE. – Grave !

HENRY. – Bon…

SCRIBE. – Mais il avait laissé un message pour toi… Il a dit que le grand maestro…

HENRY *(se rengorgeant)*. – Moi !

SCRIBE. – C'est ce qu'il a dit… pas vrai ?

Le groupe approuve par divers mouvements et attitudes…

HENRY. – Moi…

SCRIBE. – « Le grand maestro n'a pas besoin de ma bénédiction pour divorcer… »

HENRY *(hurlant)*. – Quoi ?

SCRIBE. – Attends… « Parce qu'il n'est pas marié devant Dieu… il est donc libre ! »

HENRY. – Pas marié !… pas marié !… et la fête que j'ai organisée dans les jardins du palais… qu'est-ce qu'il en fait, le curé ? Et les serments signés sur les nappes ?… Mais pourquoi pas ?… J'y pense… Si c'était un complot… contre moi… conduit par vous ?… Je ne te crois pas, Scribe… tu es un arcandier*… Le pape me connaît, il ne peut pas me laisser commettre une action mauvaise… Il faut divorcer dans les règles pour se remarier dans les règles… Je ne crois pas à ta version… Fil… qu'est-ce que tu en dis ?

FIL. – Est-ce que tu as eu jusqu'à présent à douter des services de Scribe… ? Je crois qu'il a toujours fait ce que tu lui avais demandé… Pourquoi t'embobinerait-il dans un autre stratagème ?

HENRY. – Tu ne réponds pas à ma question… ou tu te fous de moi !

Il se précipite sur Fil, le bourdon en l'air, pour le frapper, mais le bâton tombe et frappe le sol sans se briser.

FIL. – Celui-là, il est solide…

HENRY. – Toi, Bell… tu as entendu les arguties du curé… tu dis rien ?

BELL. – J'ai écouté…

HENRY. – C'est tout, il a écouté, il s'en branle… Moi, je me souviens de ce monsieur qui est arrivé devant moi comme un va-nu-pieds… Bell, qu'il s'appelle… une cloche… Il était boucher… dans une boutique… il avait vendu des assurances… enfin il tentait d'en vendre… puis des cartes postales… Je l'ai branché sur des affaires et le voilà milord… Il écoute… sans plus, il écoute et répète comme une bécasse…

BELL *(déstabilisé)*. – Je ne vois pas pourquoi tu rappelles tout ça…

HENRY. – Parce que tu es un fayot… hypocrite… branleur… toi aussi, tu participes au complot…

BELL. – Quel complot ?

HENRY *(éructant et se déplaçant en tous sens)*. – Le complot que vous manigancez sur une marche d'escalier… car ces messieurs veulent s'élever… Tu devrais déjà être à Rome pour interpeller le curé… mais tu t'en fous… Monsieur a sa petite fonction, dans son petit coin, sa petite cuisine…

GUS. – Sur son petit réchaud… c'est d'un autre…

HENRY. – Ta gueule, Gus… t'es pas foutu de faire un mouflet… mais tu lui prends sa carriole pourrie… Putain… mais regarde-le… l'autre qui se prend pour un bourge du 16ᵉ… Tu as oublié que c'est moi qui t'ai installé dans le quartier qui te nourrit…

GUS. – Moi… j'a pas oublié… tout !

HENRY. – Tout quoi ?

GUS. – Tout…

STUMPF *(ne pouvant plus se contenir après avoir été prudent et n'avoir rien dit jusque-là)*. – Ça me consterne…

HENRY *(hurlant)*. – C'est ça… le Teuton jargonne…

STUMPF. – Moi… *Ich sterbe hier**… !

HENRY. – Avec ses déclinaisons… Voyez-vous, *stumpf* veut dire « terne », alors monsieur digresse sur le terne… qui le consterne… à la lanterne… Tu nous fatigues avec ta littérature… de vieille baderne… Eh bien, meurs, si c'est ton souhait !

STUMPF *(s'animant)*. – Je suis français depuis quatre générations… Mon arrière-grand-père est resté en France pour se faire pardonner… Oui… il a voulu reconstruire ce qu'il avait détruit… en 1870 !

HENRY. – Des mots, tout ça !

STUMPF. – Je m'insurge…

HENRY. – Contre moi ?

STUMPF. – Je m'insurge… Scribe a parfaitement rempli sa mission… Mais comme le résultat ne te convient pas… alors tu insultes le monde !

HENRY. – Parce que tu es le monde, toi ?

STUMPF. – J'en fais partie…

HENRY. – Connard ! Ça va, j'ai compris… Et toi là-haut, Glog, je ne te pose même pas la question… Ils t'ont branché, ces salauds… pour que tu prennes leur position… C'est bien parce que ta première journée fut bonne, mais avise-toi que la seconde soit nulle et tu verras de quel bois je me chauffe !

GLOG. – Je…

HENRY. – Tais-toi ! *(Il ne sait plus que faire… Il sort son psautier ou un opuscule approchant et en tourne les pages en réfléchissant… Puis changement de ton, il devient doucereux.)* Fil… tu as ton téléphone ?

FIL. – Non !

HENRY. – Quoi ?

FIL. – Je n'ai plus de téléphone, tu me l'as enlevé…

HENRY. – Pourquoi ?

FIL. – Tu le sais parfaitement !

HENRY. – Pourquoi ?

FIL. – Tu ne veux pas que je téléphone…

HENRY. – … dans mon dos… pour comploter avec tes comploteurs… avec mon fric… J'avais des notes abracadabrantesques… j'ai laissé mon téléphone chez le Bonze… Scribe, donne-moi le tien… il faut que j'appelle ma douce…

SCRIBE. – C'est que… je crois que… il y a un souci…

HENRY. – Tu as téléphoné au pope… alors tu me le donnes… ou tu ne veux pas me le donner parce que tu es radin ?

SCRIBE. – Sans énergie… c'est difficile…

HENRY. – De quelle énergie parles-tu ?

SCRIBE. – Des piles…

HENRY *(s'avançant et tendant la main)*. – J'ai besoin urgent de téléphoner… Fil te donnera le prix de ton électricité… puisque tu es si avare !

Henry lui arrache littéralement le téléphone.

SCRIBE. – Bon…

HENRY *(faisant l'éloge du téléphone)*. – Ce téléphone est précieux, il a appelé Rome… n'est-ce pas… ? Il peut bien appeler ma future femme… Vous allez pouvoir entendre sa voix…

Il commence à tourner le téléphone dans tous les sens, mais il ne parvient pas à trouver ce qu'il cherche…

SCRIBE *(s'approchant pour reprendre le téléphone)*. – Je peux t'aider ?

HENRY. – C'est ça ! Je suis incapable ! *(Il tripote tous les éléments, puis il se détourne du groupe pour se placer au bord du trottoir face au public… Il ne trouve* *pas la solution… Soudain, il s'immobilise et engage une conversation à très haute voix.)* Allô ! Oui… bonjour, monsieur… Oui… je souhaiterais l'ouïr… Ah… j'attends… Bonjour, ma mie… comment allez-vous aujourd'hui ?… C'est bien… mes hommages à votre mère… mes respects à votre père… Le grand jour approche… ce sera merveilleux… Comment ?… mais j'y tiens beaucoup… en blanc… bien sûr… avec des lis… et des calissons… Je sais, vous aimez ces divines sucreries qui ravirent ma petite enfance… Bientôt alors, nous pourrons entendre aussi « Venes touti au calissoun* »…

Je vous quitte… je suis en affaire… à plus, ma mie ! *(Il frappe sur le téléphone, se rapproche, pensif, du groupe, tend l'appareil à Scribe, puis se ravise et se positionne pour faire un selfie… Il hausse alors les épaules et tend le téléphone à Scribe qui le saisit en le regardant avec curiosité.)* Nous y allons… Fil… à présent, je te rendrai ton juke-box pour éviter d'avoir des négociations totalement absurdes avec ces messieurs… *(Fil se lève, plie son siège, va vers Scribe… Tous deux regardent avec curiosité le téléphone.)* C'est ça… cet appareil est devenu une œuvre d'art depuis mon appel… Tout le plaisir a été pour moi… messieurs… *(Il s'éloigne, fier, suivi de Fil qui porte son pliant, puis se retourne.)* Et pour mes affaires, messieurs… allez vous faire lanlaire…

Le groupe fait silence, longtemps, même après la disparition des deux hommes.

BELL. – Il est complètement calu…

GUS. – Moi… j'a dire… faire action… pas continuer à accepter louf…

GLOG. – Pourquoi il a téléphoné à sa future devant nous ?

STUMPF. – Il veut nous faire croire déjà qu'il materne…

GUS. – Moi… j'a dit toi… drôle.

BELL. – Reste la question de Glog !

GUS. – Moi… j'a vu… lui, pas téléphoner…

STUMPF, BELL ET GLOG *(s'écriant)*. – Quoi ?

GUS. – Moi… j'a vu !

BELL. – C'est vrai ?

SCRIBE. – Il ne pouvait pas !

STUMPF, BELL ET GLOG *(en chœur)*. – Quoi ?

GUS. – Moi… j'a dire ?

SCRIBE. – Si tu sais !

GUS. – Moi… j'a dire que grelot pas fonctionne !

Stupeur.

BELL. – Quoi ? ton téléphone ne fonctionne pas ?

SCRIBE. – Exactement… il n'y a pas de piles…

BELL. – Mais alors Henry a joué la comédie…

Silence.

GLOG. – Et toi aussi !

SCRIBE. – Moi aussi !

GLOG. – C'est vrai ?

SCRIBE. – Oui !

Silence avant que tous se mettent à rire à ne plus pouvoir s'arrêter… Gus sort des verres de sa carriole et une bouteille d'alcool fort. Il lisse une nappe, essuie les verres et sert à boire à tout le monde pendant que les autres se tapent dans la main ou dans le dos en se tordant de rire.

GUS. – Moi… j'a dit… vous boire cul vide ! Moi heureux !

BELL. – On dit « cul sec »…

GUS. – Moi… j'a rien à foutre… moi cul vide… toi cul sec… toi boire !

STUMPF. – Vous avez observé… le ton paternel… ?

BELL. – Quand il nous a vus tous rassemblés… il a voulu nous en boucher un coin avec sa minette… il a téléphoné comme s'il l'avait en ligne… il est vraiment malade…

SCRIBE. – Non… il est dans le jeu…

GUS. – Moi… j'a dit plus grave… lui danger !

SCRIBE. – Mais non, il joue la comédie…

GUS. – Moi… j'a dit… lui pas jouer comédie…

GLOG. – Je suis le dernier… ici… mais vous saviez parfaitement ce qui allait arriver… ou je me trompe ?

Silence très long… Le groupe semble mesurer la portée de la révélation… Pendant que chacun joue en silence une comédie d'attitudes, Gus range ses affaires dans sa carriole… Scribe tourne les pages de son cahier… Bell sort un peigne et se recoiffe, puis s'asperge de parfum… Stumpf sort un immense mouchoir et se mouche bruyamment… Enfin, Glog enlève une de ses chaussures pour en extraire un caillou… Lorsque arrive Thomas sans se presser, il observe le groupe…

GUS. – Moi… j'a propose… à toi boire… cul vide…

THOMAS. – Merci, Gus, tu es très aimable… je crains tes tord-boyaux…

GUS. – Moi… j'a faire ami à toi…

THOMAS. – Bon… une larme de rossignol…

GUS. – Moi… j'a donné rossignol gai à toi !

THOMAS. – À la vôtre, les amis… Que se passe-t-il ?

SCRIBE. – Toujours Henry… une réunion pour confronter nos idées… si possible !

BELL. – Une petite assemblée…

STUMPF. – … à la lanterne…

Thomas déguste l'alcool et délivre une partie de sa réflexion à chaque petite gorgée.

THOMAS. – Votre assemblée… des caciques, dites-vous… est une réunion de seconds couteaux auxquels le capitaine ne demande plus leur avis… sauf s'ils sont tous d'accord.

SCRIBE. – Justement… on n'est pas d'accord !

THOMAS. – Il le sait parfaitement… mais vous jouez le jeu… autrement dit, vous entrez dans l'unanimité de ses thèses… sinon, il y a belle lurette qu'il aurait agi…

GUS. – Moi… j'a dit… lui danger.

THOMAS. – Peut-être… mais, mon cher Gus… n'as-tu point accepté… il y a quelques lustres… une aide ?…

GUS. – Moi… j'a modeste accepté… très modeste… j'a rendu aussi…

THOMAS. – Sans doute… mais suppose que tu sois au milieu du désert de l'Atacama… tu vas mourir de soif… Henry t'apporte un modeste litre d'eau… tu sors du désert… un litre, un misérable litre alors que ton corps en contient quatre-vingts pour cent… une larme d'eau pour une vie…

GUS. – Moi… j'a pas attaque à ma… pas perdu dans le désert…

THOMAS. – C'était une allégorie, Gus… Henry t'a aidé, selon toi, très modestement… mais cela t'a permis de démultiplier tes gains…

BELL. – J'aimerais te poser une question…

THOMAS. – Va !

BELL. – Qu'as-tu fait à Henry pour qu'il te tienne pour le plus haut, le plus grand, le plus éclairé ?

THOMAS. – Je l'ai aidé à résoudre un conflit avec ses voisins… il a évité la cabane !

BELL. – C'était difficile ?

THOMAS. – Une question de relativité sociale… classique… basique… simple !

BELL. – Juste ?

THOMAS. – Le droit n'est ni juste ni injuste… il dit ce que le législateur a écrit… Ensuite, l'art de l'avocat est d'exercer sa rhétorique sur le droit que dit le texte.

BELL. – Alors tu pourrais réagir comme Gus…

THOMAS. – J'ai réagi comme Gus… à une question simple j'ai répondu simplement… Mais vous vous égarez tous… Ce n'est ni la valeur objective de l'aide à Gus ni le niveau de ma réponse qui font débat… c'est la dimension qu'Henry leur accorde…

STUMPF. – Moi aussi… j'ai aidé d'autres personnes… Oui, je materne… même ici dans cette assemblée… mais je ne me targue pas de supériorité… ou de droit sur les autres… Tu l'as vu… avec cette ironie méprisante, tel un seigneur… ?

THOMAS. – Eh bien, Henry a une autre volonté d'être et votre comédie de *faire carmintrant* lui en donne le moyen… Glog a eu la meilleure place au croisement… n'est-ce pas ?… Bell est bien introduit dans le secteur où il jouit de sa passion pour les fringues en cuir, non ?… Gus a été casé comme un prince dans son secteur des puces… pas vrai ?… Stumpf, tu es devenu le roi de la ferraille… je dis vrai ?… Scribe baigne chez les bouquinistes, mais il faut encore ajouter sa fonction de secrétaire du Mob… Fil est devenu un vrai disciple… Voilà, la situation… vous avez tous accepté un coup de pouce… À présent, vous êtes prisonniers de celui qui vous a aidés… vous l'avez même élu roi…

GLOG. – Mais…   c'était   un   jeu…   il déraisonne…

THOMAS. – Vous aussi…

GLOG. – … une plaisanterie…

THOMAS. – Le   téléphone ?   C'était   une plaisanterie ?

SCRIBE. – Mais…

THOMAS. – Par   votre   acceptation,   vous autorisez Henry à croire à sa fable… Dès lors, il s'installe dans son rôle… Vous le confirmez par la pantomime du coup de fil à Rome… et pour vous confondre, il vous impose sa réponse avec ce même téléphone… pour lequel vous ne dites rien… ce qui permet à chacun d'accréditer l'ensemble des rôles… il est le roi… vous êtes ses vassaux… tout le reste en découle…

SCRIBE. – Toi aussi… tu… as reçu une onction !

THOMAS *(silencieux et méditatif)*. – J'ai rencontré Henry… il voulait me nommer pape… J'ai exposé simplement que sa position ne lui en donnait pas le pouvoir… Ne pas vouloir participer à cette mascarade fut ma conclusion.

SCRIBE. – Qu'a-t-il répondu ?

THOMAS. – J'aurais été… selon lui… retourné par des succubes*…

GUS. – Moi… j'a entendu succube… mais… j'a pas savoir…

THOMAS. – Le succube, mon cher Gus, est un démon qui prend la forme d'une femme… pour séduire les hommes dans leur sommeil…

GUS. – Moi… j'a aussi rêvé… succube…

Grand éclat de rire de la troupe… On vient féliciter Gus… Puis le calme revient.

THOMAS. – Sauf qu'Henry persiste à attendre des conseils de ma part…

SCRIBE. – Tu as qualifié sa nouvelle extase de misérable *Schibboleth*…

GUS. – Quèsaco ?

THOMAS. – Un *Schibboleth*… c'est un signe de reconnaissance… histoire ancienne.

SCRIBE. – Quel sens lui donnes-tu pour Henry ?

THOMAS. – Ce n'est pas seulement une ironie que je porte sur l'état mental d'Henry… À l'origine, dans l'hébreu biblique, le mot permettait aux gens de Galaad de reconnaître ceux d'Éphraïm lorsqu'ils le prononçaient différemment…

SCRIBE. – Et ?

THOMAS. – Ils étaient égorgés… C'est ainsi que l'on construit un espace clanique… On peut s'en inquiéter…

SCRIBE. – Un espace ?

THOMAS. – Un espace en forme de territoire… C'est ce qui m'inquiète, lorsqu'on va à l'essentiel, ce sont les conséquences pour le futur.

Épouser la fille de L'Eff n'est en rien anachronique… Pourtant, cette onction sécularise et banalise sournoisement les avancées du compère. Notre environnement, depuis des siècles, s'est construit sans L'Eff et même jadis contre lui. Nous savons par expérience que L'Eff ne veut pas s'adapter à nos lois… mais nous imposer les siennes… il grignote des territoires…

C'est, hélas, la stratégie de quelques politiques-batraciens que de sceller des alliances en vue d'une élection… Henry est dans cette tactique… il verra lui aussi les drapeaux des Allodapos s'agiter lors de son ascension…

Puis supposons qu'Henry… veuille une fois de plus… dans un an… deux ans… divorcer pour une autre raison que sa descendance… Alors il laissera derrière lui l'enracinement et la jurisprudence communautaire de L'Eff…

Scribe, si tu en sais un peu plus… je crois qu'il serait temps de partager tes craintes avec tes congénères… avant de perdre encore quelques arpents de la République…

SCRIBE. – Oui… pourtant… je n'arrive toujours pas à me persuader qu'Henry joue ce jeu…

THOMAS. – Henry ne joue pas… Henry n'est pas fou… il est au-delà du réel…

Rideau.

Troisième tableau

Chez Bonze

Tous les caciques élus par Henry comprennent qu'il est devenu incontrôlable ; ils veulent arrêter le jeu. Henry a prononcé un jugement : il veut couper la tête à Thomas qui s'oppose à ses lois.

Nous sommes dans un restaurant chinois : le patron est chinois, on l'appelle Bonze. Hormis Bonze, Henry et Fil, le restaurant est vide... Plus tard entreront deux officiers de police en civil pour donner quelques conseils... Ensuite arriveront les caciques et, à la fin du tableau, Thomas.

Henry est assis à une table, en train de terminer un bol de riz selon la technique chinoise qui consiste à rapprocher le bol des lèvres et à pousser par petits coups les bouchées de riz. Le bol terminé, il boit une tasse de thé. Fil est assis sur son éternel pliant, il lit, toujours un peu en retrait. Bonze est derrière un petit meuble sur lequel trône une antique caisse enregistreuse ; au mur pend un boulier ; on entend une musique chinoise, une sorte de crincrin. Bonze semble dormir...

HENRY *(posant sa tasse, puis restant un instant silencieux, immobile).* – Des gnafroneries*…

FIL. – Quoi ?

HENRY. – Des gnafroneries de galapiats*… je te dis.

FIL. – Tu parles de qui ?

HENRY. – Hypocrite, tu le sais parfaitement… Je parle de tes petits copains… et en plus, ils voulaient me berlurer*, les cons… Moi, me tromper ?… les rigolos… Je vois le Scribe qui chie dans ses cague-brailles*… j'me gaffe dur*… C'est-y pas que le grelot est en rade… Alors je joue le jeu… avec son téléphone muet… Même toi, tu ne mouftais pas, hein ! *(Fil le regarde.)* Mais dis quelque chose, bordel ?

FIL. – Je t'écoutais !

HENRY. – Muet !

FIL. – Oui, mais il t'écoute…

HENRY. – Il reste encore deux jours pour annoncer mon grand projet…

La porte du restaurant s'ouvre, deux policiers en civil entrent, caricatures des films en noir et blanc : chapeaux mous, impers Columbo, etc. Ils sont connus. Bonze lève la tête.

BONZE. – Oh, bonjour !

100

Il ne bouge pas de derrière sa table, Fil reste assis…
Henry va au-devant d'eux, très obséquieux…

HENRY. – Bonjour, messeigneurs… gardiens du temple… surintendants des lanternes… protecteurs des pucelles… grands prostateftikos* des jouvencelles… sentinelles de ces dames… que nous agrée votre noble présence… en ces lieux… ?

Les deux personnages s'asseyent tranquillement, Henry reste debout, toujours lyrique.

N °1. – Salut, Henry, simplement te dire que l'on a bien pris en compte la présence de ton zitianos* au carrefour…

N °2. – Fais gaffe… aux romanos… les nanas qui tenaient les feux veulent revenir… ton zitianos pourrait dérouiller… ce sont des furies…

FIL. – Il est utile aussi pour… vos affaires… Ça avance ?…

N °1. – Ça va… Pour l'instant, il est nouveau… il est à jeun… mais dès qu'il se sera installé en habitudes comme les autres… alors il prendra ses aises… la bibine coulera… après, c'est le brouillard !

N °2. – Il a un bon regard…

Bonze leur fait signe pour leur proposer à boire…

N °1. – Non merci !

N °2. – Dis-moi, Henry… j'ai ouï dire que tu voulais faire une fête prochainement… Je te donne un conseil… tu nous préviens… de la date… du lieu… des invités…

N °1. – Sauf si tu veux des ennuis… Fil… tu as ma carte ?…

Fil acquiesce de la tête.

N °2. – Si vous faites de la merde… on ne pourra pas faire semblant et dire qu'on ne savait pas… Tu piges ?… Bon, on y va !

Ils se lèvent et partent… mais au moment d'ouvrir la porte…

N °1. – Ah ! Au fait, Henry, si tu fais encore tes harangues *urbi et orbi*… tâche de faire tes scandales sur un terrain vague au bord de l'eau… tu n'emmerderas personne… on te foutra la paix…

N °2. – … Bien qu'on comprenne que tu veuilles changer le monde… on adhère à cette belle idée… nous aussi… mais enfin on n'a pas la même méthode… la révolution, c'est plus pour demain… elle aurait déjà dû avoir lieu hier… tu décodes ?

N °1. – Bon… salut !

Ils sortent tranquillement… On entend le carillon d'acier qui tintinnabule lorsqu'ils ferment la porte… Henry n'a rien dit, mais il est resté tel un seigneur devant deux arpètes.

HENRY. – Tu observeras, Fil… à quel point… ces astynomikos*… sont professionnels… et respectueux de l'autorité que je représente… *(Dans son dos, Bonze fait des gestes de ponctuation : il mime les attitudes et paroles d'Henry, signifiant « C'est ça, on sait »… Il jouera ce jeu pendant toute la tirade, puis il viendra apporter un plat de poisson séché qu'Henry va progressivement déguster tout en parlant.)* Tu vois… Fil… je te l'avais dit… ces roumanikos* sont dangereux… On les a laissés entrer et voilà qu'ils nous piquent nos meilleurs marchés… c'est ça la loi ? Quelle loi ?… il y aurait des lois supérieures à celles de mon pouvoir ? *(Fil ne répond pas.)* Réponds, Fil…

FIL. – Depuis longtemps, il n'y a plus aucune loi absolue…

HENRY. – C'est une réponse de merde ! J'ai dit « supérieures »…

FIL. – C'est synonyme…

HENRY. – J'ai dit « supérieures » !

FIL. – Bon, supérieures !

BONZE *(arrivant avec une petite assiette qu'il pose sur une table devant Henry et lui souhaitant bon appétit en chinois).* – *Man man chi* !*

HENRY *(prenant machinalement un morceau, grignotant et imitant Bonze avec ridicule).* – Eh *man man chi*… Alors… selon toi… s'il n'y a plus aucune loi absolue ?

FIL. – Tu veux dire « supérieure » ?

HENRY *(grand seigneur).* – Supérieure ou absolue… c'est synonyme… tu sais pas ?

FIL. – Bien…

HENRY. – Donc synonyme… Moi Henry, je dois attendre bêtement que les envahisseurs nous envahissent absolument et viennent nous dévaliser… comme des sanguinaires… Nous, on regarde, on ne dit rien ?

FIL. – Mais tu veux faire exactement la même chose avec L'Eff… et ses troupes qui vont débarquer…

HENRY. – Ouais, mais contre les roumanikos…

FIL. – Les astynomikos, ces policiers sont venus te prévenir… ils ont vu le Glog, ton zitianos, ils sont sympas, pas de scandale dans la rue, qu'ils ont dit… Et maintenant, c'est quoi ton idée contre les roumanikos avec L'Eff ?… Ne dis pas que tu ne sais pas !

HENRY. – Qui va nous protéger de ces sauvages ?

FIL. – Les politiques, les lois, la police… c'est eux qui gèrent les conflits… c'est ce qu'il a dit… Où vas-tu, Henry ?

HENRY. – Les politiques nous protègent… Va te faire foutre ! *(Il fait le singe pour ridiculiser Fil.)* Et je t'emmerde avec tes discours… je t'écrabouille avec les répétitions du condé… et *man man chi*… à chier… Quoi ? Moi, un fauteur de troubles, comme un simple, un vulgaire péquin ?… Moi, qui vais révolutionner l'organisation de la société… et toi, tu me désignes radoteux ?… Oh, mais ça ne se passera pas comme ça… il faudra que tu viennes devant mes juges, ils te condamneront parce que je le veux… Et monsieur prétend m'éclairer de ses conseils… mais tu transformes la vérité… oui, la vérité, celle qui t'arrange avec tes petits accommodements avec ceux qui nous envahissent… Tu dois y trouver ton compte quelque part… Attends que je nomme des juges qui vont te cuisiner, mon salaud, jusqu'à ce que tu craches le morceau…

BONZE *(venant apporter une assiette à Fil)*. – Tiens, patron !

FIL. – Merci, Bonze.

BONZE. – Lui, amusant !

FIL. – Ça dépend des moments !

HENRY. – Et ça complote !

BONZE. – Moi dire… *man man chi*… pas complote… dire bon appétit… tu sais ça !

HENRY. – Et il me prend pour une cloche…

BONZE. – Toi, pas cloche… dire ta politique… mange poisson salé… très bon pour la tête… après toi boire… petit coup !

HENRY. – Eh bien… puisque tu aimes ma politique… je vais te la résumer… en quelques mots…

BONZE. – Attends, patron…

Il va fermer la porte à clé, baisse les lumières, mais laisse un lampadaire chinois rouge qui éclaire Henry… Henry se transforme en tribun et s'apprête à commencer son grand monologue… Fil est toujours assis sur son pliant, impassible, mais il fera parfois quelques mouvements… Après un moment de recueillement, Henry va devant Bonze.

HENRY. – Depuis que je suis né… je suis certain d'être porteur d'une mission…

BONZE. – Très bon… mission…

FIL. – Une mission ?

HENRY. – Ne m'interromps pas… loqueteux*… Je vais changer le monde… Tu vois, Bonze, observe bien, à peine ai-je pris la parole que des forces contraires s'élèvent contre moi… y compris parmi mes gens… *(Fil prend un bout de poisson séché, contemple Henry, le déguste, en prend un autre, le déguste à nouveau, puis pose l'assiette, s'installe et attend.)*

Dès ma naissance… je l'ai su… justement parce que j'étais le huitième… j'ai vu… Tous les autres avant moi n'étaient que des poltrons… Aucun frère, aucune sœur n'osait piquer des croissants à la boulangerie de la rue… ils organisaient un concours pour savoir qui devait y aller… C'était toujours moi qui étais désigné… j'étais fier… Après, j'ai découvert qu'ils trichaient pour que je sois l'auteur du fric-frac… mais c'étaient eux qui bâfraient… Tu vois, Bonze, comme le téléphone de Scribe… les gens trichent… Depuis que je suis en état de marcher, je le sais… je vis avec… C'est terrible, Bonze… ça me torture… Eh bien, devant leur duplicité, je suis parvenu à devenir un expert en subtilité de la disparition des croissants… Au début, ils bouffaient ma récolte… mais progressivement, j'ai compris là aussi que j'avais un don de puissance… Alors on a négocié… Tu auras un croissant si tu réalises ce que je veux… C'est ça l'honnêteté ou plutôt l'équilibre des forces… Puis les autres n'ont plus voulu de croissants ; en

107

grandissant, ils avaient d'autres besoins... moi aussi... J'étais le dernier chieur, mais j'étais capable de satisfaire tous les besoins... Tu sais, chez nous, dans la zone, il n'y avait qu'une solution pour vivre... Les parents étaient chiffonniers... alors je suis aussi devenu chiffonnier... Les sept autres, mes frères et sœurs, voulaient quitter la zone... Tu parles d'un taudis où on habitait !... à huit on s'entassait dans une pièce comme les galines* sur leurs perchoirs... Les parents restaient dans la cuisine parce qu'il faisait chaud... Un jour, ils ne se sont pas réveillés, ils étaient congelés... et toute la troupe s'est dispersée... pulvérisée... je ne l'ai jamais plus revue... J'avais 10 ans à peine... Là, j'ai décidé que je changerais le monde... c'est en cours... mon ami !

Depuis cette date... je contrôle toute la zone est... c'est mon maquis... à moi... Là, j'ai placé mes hommes... j'édite mes lois... même les astynomikos m'obéissent... Tu peux comprendre, Bonze, cette philosophie que de créer des lois pour organiser la société... Vous, en Chine, vous vivez comme des sauvages... pas vrai ? Nous ici, on est civilisés, tu comprends... D'ailleurs, si tu es venu ici... c'est bien pour devenir un peu moins con dans ta culture... non ? Un peu plus civilisé... *(Bonze le regarde, curieux.)* Bon, j'abandonne, c'est beaucoup trop puissant pour toi ! Je disais que je vais changer le monde...

108

D'abord, je vais divorcer... de Katy... qui est infructueuse comme une coucourde* du siècle passé... Enfin, Bonze, comment accepter de ne pas avoir de descendance, qui héritera de mon patrimoine ?... Le pape ne veut pas se résoudre à m'accorder son béni-oui-oui... Eh bien, je casse le pape... je crée une nouvelle religion... je l'appellerai la « Nouvelle Métarrythmisi* »... *(Fil lève la tête, change de position et se prépare à intervenir, mais Henry lui intime l'ordre de n'en rien faire.)* Tais-toi !

La Nouvelle Métarrythmisi me donne le pouvoir d'être le guide de tout... les êtres, leurs âmes, leur éclosion... les rues, les animaux, les foules, les nuages, les levers de soleil... virer les roumanikos... les fleurs qui veulent d'autres parfums... tout sera en mon pouvoir...

Alors je pourrai choisir ma nouvelle vierge qui me donnera une progéniture...

Voilà mon grand projet... un schisme henricien ! *(Haut-le-corps de Fil... Silence d'Henry qui apprécie son effet...)*

Et si d'aventure... tes petits copains... qui profitent sans cesse de ma bonté, tentent de m'entraver... alors je serai terrible ! Oh ! tu m'écoutes... ?

FIL. – J'attendais que ton propos fût clos afin que ta grandeur me donnât la parole… je n'eusse zosé t'interrompre…

HENRY. – Ça t'en bouche un coin, *qué moun beu** ?

FIL. – C'est… c'est… comment te dire ?…

HENRY. – Ne le dis pas… car tu vas certainement dire une bêtise…

FIL. – Je peux prendre mon temps pour te répondre… ce projet est tellement…

HENRY. – Tellement quoi ?

FIL. – … complexe…

HENRY. – Bien moins que toi… avec tes tortillements du cul… tes finasseries du calot…

FIL. – … ambitieux…

HENRY. – Eh oui, à l'opposé de votre misère de grouillots… Loin du ciel… vous passez votre temps au ras du sol… sans élévation…

FIL. – … radical…

HENRY. – Un autre monde que de sucer tout ce qui peut vous graisser les babines… On pompe, on se case, on se protège, on devient des notaires… Allez ! De l'air, du vent, les horions vont pleuvoir…

FIL. – … religieux…

HENRY. – Table rase… plus de pape puisque le pape, c'est moi… plus de grimoire ancien farci de poussière… voilà le nouveau que je viens de pondre… plus de vieilles règles puisque j'annule toutes les entraves qui me gênent… je suis le Tout en Un !

FIL. – … conséquent…

HENRY. – Ça veut dire quoi : conséquent ?

FIL. – C'est un projet…

HENRY. – Te goure pas, mon fils…

Il va chercher son bourdon et le brandit…

FIL. – Et en plus, il en serait bien capable !

HENRY. – Pour sûr, mon petit, je t'écoute…

FIL. – Un projet aux synonymes…

HENRY. – Putain, ce mec… depuis qu'il a trouvé un dictionnaire, le voilà qui se prétend savant… enfin !

FIL. – … conséquent… considérable… imposant… grand… important…

HENRY *(flatté, se pavanant)*. – Sans doute… la langue française consent à reconnaître ma grandeur… il n'y a pas d'autres synonymes dans ton thésaurus ?

FIL. – Il y a les antonymes…

HENRY. – Ah !… et ça donne quoi ?

FIL. – Pour « conséquent » : il dit « absurde »… « décousu »… « incohérent »…

HENRY. – Ce dico est tendancieux… Fous-moi ça à la poubelle… Lorsque mon projet sera sacré, j'organiserai des autodafés de tes torchons…

FIL. – Je l'ai payé trois sous… je ne dors pas sur des matelas de billets, moi… comme vous, grand chef…

HENRY *(modeste)*. – Disons que je me suis fait une bonne santé…

FIL. – C'est vrai ! Vous êtes le seigneur des hôtes de ces rues… *(Henry se pavane comme un coq…)* Vraiment… vous régnez sur presque toute la ville…

HENRY. – Ah, tu avoues !

FIL. – Certainement… votre élévation fut le résultat d'une volonté de devenir premier…

HENRY. – Je le suis…

FIL. – Vous l'êtes, seigneur !

HENRY. – Il y a une sorte d'hésitation dans ta réponse… Suggères-tu que je ne le suis pas absolument ?

FIL. – Nous savons tous que l'absolu n'existe pas…

HENRY. – Il recommence…

FIL. – Laissez-moi finir mes phrases, seigneur… j'allais dire « à part vous »…

HENRY. – Comment, à part moi ?

FIL. – Nous savons tous que l'absolu n'existe pas… à part vous !

HENRY. – Ah… c'est mieux ainsi… mais alors ton hésitation hésitait sur quel barguignage* ?

FIL. – Votre projet, seigneur !

HENRY. – Quel projet ?

FIL. – Celui qu'évoquèrent les deux astynomikos… qui vinrent…

HENRY. – Tu veux dire que d'autres sont aussi absolus ?

FIL. – Votre souhait d'alliance… tend à réduire ce différend… que les astynomikos ont, semble-t-il, bien compris…

HENRY. – Je m'y perds !

FIL. – C'est logique…

HENRY. – Je veux dire que j'hésite…

FIL. – Diable !

HENRY. – Tu vois, Fil, en t'écoutant… j'hésite entre l'impression que tu te fous de ma poire… et la forte démangeaison de te casser la tronche sans propédeutique…

FIL. – Eh bien ?

HENRY. – Eh bien, il n'y a pas la place pour un cheveu… Bonze, j'ai plus de poisson…

BONZE *(chantonnant une sorte de petite ritournelle).* – « Après le poisson vient la boisson… tintoula tintoulalère ! » *(Il termine par un grand « Ouah ! », puis arrive vers Henry, lui sert un petit verre d'alcool de riz et l'invite à boire.)* Ganbeï* !

HENRY. – Soit !

Il s'exécute.

BONZE *(le servant à nouveau).* – « Tintoula tintoulalère », ouah ! *Ganbei* deux !

HENRY. – Bon !

BONZE *(répétant à nouveau son geste).* – « Tintoula tintoulalère », ouah ! *Ganbei* trois !

HENRY. – Je suis fort !

BONZE. – Toujours trois, seigneur, toi bien bu ! Toi très grand chef !

Fil se lève… Henry semble un peu assommé par l'alcool… Fil va vers lui, arrange son vêtement, lui enlève délicatement le bourdon qu'il tient dans la main pour aller le cacher derrière la caisse enregistreuse et revient s'asseoir.

HENRY *(un peu gris).* – Nous parlions de notre projet…

FIL. – Votre projet, seigneur.

HENRY. – Nous sommes liés dans une communauté… de… destin… *(On entend frapper à la porte du restaurant… Derrière la vitre, on distingue les caciques… Bonze va leur ouvrir… Ils entrent dans l'ordre suivant : Scribe, Bell, Gus poussant sa carriole, Stumpf et Glog… Bonze referme la porte derrière le groupe, va rejoindre sa caisse enregistreuse et fait de la lumière… Certains restent debout, d'autres cherchent une chaise et s'asseyent. La voix un peu pâteuse, Henry s'adresse alors à ceux qui sont debout :)* Je vous préfère assis… *(Voulant dominer l'assistance, Henry va de table en table, à la recherche de son bourdon… Bonze apporte des théières et des tasses. Bien visible au premier plan, Gus installe sa tasse sur un plateau qu'il sort de sa carriole. Avant de poser sa tasse sur la table, il lisse un napperon, puis pose ensuite la tasse dessus, se sert et repose la théière sur la table. Henry se rassied et s'adresse alors à Gus :)* Quand Milord voudra bien !

Gus ne s'émeut pas, il boit son thé puis pose sa tasse…
Le parapluie tombe…

BONZE *(arrivant en courant et criant).* – Pas ouvrir dedans… malheur… à maison… si toi ouvrir… grand malheur… *(Il ramasse le parapluie.)* Où installer ? Non toi pas toucher pépin… moi installer où ? *(Gus montre un endroit sur la scène.)* Oui, là… bien… toi content ?

Gus acquiesce du calot.

Silence.

FIL. – Le symposium œcuménique est déclaré ouvert aux capacités vocales des hiérarques… Je résume le plumitif de la précédente audience dans laquelle icelui le Huitième annonçait son message… Depuis, vous eûtes le temps de ruminer vos supputations qui transhumèrent naturellement métamorphosées en adhésions… Ainsi, demain, Henry le Huitième le bien nommé pourra formuler sa grande demande, son annonce faite à l'amie… Nul besoin de mots, donc… il suffit de lever la dextre pour marquer votre entrée triomphale dans le nouveau royaume.

J'ai dit…

Grand silence… aucune main ne se lève…

En arrière-plan, Bonze, seul à lever le doigt, suit une mouche… Il a un long et fin bambou au bout duquel pend un carré de tissu rigide… Tous les caciques attendent et le regardent… Il avance lentement de la table la plus proche, abat son engin sur la mouche, la recueille délicatement et se retire en reculant.

HENRY *(se levant et hurlant)*. – Et c'est tout ?

BONZE. – Mouches pas bon pour repas, clients pas aimer ça !

HENRY. – Mais dans quel pays je suis… vous pouvez me le dire ? Je m'évertue à longueur de temps en prêches… pour que chacun sache… voilà le résultat…

GUS. – Moi…

HENRY. – Ah… un son !

GUS. – … j'a…

HENRY. – Tiens… deux sons…

GUS. – … dire…

HENRY. – Mais serait-ce un discours ?

GUS. – Les lunettes sont au crocodile ce que les longues-vues sont au cul-de-jatte !

HENRY. – Tu mets combien de temps pour pondre ton œuf… en omelette ?…

BELL. – C'est pas idiot !

GLOG. – L'omelette ?

STUMPF. – Non, les longues-vues ?

HENRY. – C'est imbécile… autant que lui… Ah, vous faites la paire ! Qu'est-ce que c'est, cette digression ?

GUS. – Moi… j'a… dire cul-de-jatte égale bas du cul… avec jumelles cul-de-jatte… pas voir au-dessus de l'horizon… sauf…

HENRY *(devenant livide et s'avançant vers Gus)*. – Tu veux dire que le cul-de-jatte avec une longue-vue… c'est… ?

GUS. – Toi !

Henry se précipite sur Gus, mais Bell, Glog et Stumpf s'interposent pour le retenir… Gus n'a pas bougé…

HENRY *(hurlant)*. – Ordure !

GUS. – Moi… j'a dire d'accord avec toi… moi chiffonnier normal être ordure !

Pendant ce temps, les trois caciques reconduisent Henry à son siège… Il semble être devenu tout petit, comme recroquevillé sur lui-même.

SCRIBE. – Bien… je crois qu'il est temps de passer à la fin de la comédie… puis à la pacification… pour que chacun retourne à ses occupations… On a bien joué… tu ne crois pas, Henry ?… au-delà même de nos intentions…

Henry boude.

118

FIL. – On vote… pour la clarification… On lève le bras droit terminé de sa pogne… droite…

SCRIBE *(criant tel un tribun).* – Bas les masques, on arrête le burlesque, cette comédie a assez duré… Qui est pour ? *(Tous lèvent le bras bien haut et la main tendue… Toujours le bras en l'air, Scribe compte :)* Un, deux, trois, quatre, cinq, six… *(il passe devant Bonze qui suit une mouche)…* sept… *(s'arrête devant Henry, immobile)…* et une abstention…

FIL. – Bon… il faut voter l'autre hypothèse !

SCRIBE. – C'est juste ! *(Il hésite.)* Donc… qui est pour la suite du carnaval ?… *(Silence. Tous regardent Henry, qui en retour se redresse et les nargue de haut…)* Résultat des votes… Sept pour et… une abstention… *Vox populi, vox dei…* La décision est prise à l'unanimité, elle commence dès à présent… Les copains, les vacances sont terminées… Fêtons l'armistice, Henry, bon anniversaire !

Grand remue-ménage des personnages qui snobent Henry, se lèvent, se félicitent et vont voir Bonze pour commander à boire… Un joyeux bordel… Henry n'a pas bougé, le regard tendu devant lui… Bonze sert des bières… Quand soudain Henry prend la parole, tous se taisent.

HENRY. – Messires, je voudrais que vous m'accordiez encore un peu d'attention… Vous l'avez belle, mes salauds… Vous acceptez le contrat… puis vous complotez… vous faites un putsch unilatéral dans mon dos… vous encaissez… enfin, vous vous barrez comme des sagouins… égoïstes… hypocrites… complotistes*… et moi… magnanime… je devrais me conduire comme un cacochyme faiblard, accepter de passer sous silence le contrat qui nous lia… qui nous lie toujours… puisque je ne l'ai pas rompu !

Il se lève… La communauté est stupéfaite, mais décontractée… Les attitudes sont différentes… Les personnages sont assis et sirotent leur bière… Chacun a retrouvé son style de vie quotidien… On va encore bien rire… Henry va se placer à l'autre extrémité du groupe au bord de la scène pour s'en désolidariser : il reste le Mob.

BELL. – C'était un bon moment… c'est fini… on tourne la page… *(Il lève sa bouteille de bière.)* Santé, Henry…

STUMPF. – À présent, on est au festin, à la rigolade, au lectisterne* de nos mascarades… tchin tchin, Henry…

GUS. – Moi, j'ai bien aimé mon personnage, je vais le regretter… à la tienne, Henry…

GLOG. – Une journée au carrefour… il fallait le faire… Salut, Henry…

SCRIBE. – Dans ces moments, j'avoue qu'on se révèle être ce que l'on ne savait pas… Le Scribe te congratule, Henry... Gus, tu as eu une bonne idée !

FIL. – J'espère que j'ai bien tenu mon rôle de Premier ministre... Parfois, je t'assure, tu me faisais peur avec ton bourdon... J'ai parfois eu l'impression que tu me l'aurais fracassé sur la tête... Ah, tu es un comédien qui s'ignore... sans rancune, Henry...

Silence...

HENRY. – Ainsi, messieurs, vous jouiez une comédie... mais moi... je ne joue rien... Chacun, ici, a reçu... grâce à moi des avantages pour son job... des passe-droits pour ses relations... des entregents pour ses petits conforts... ça c'est du concret... Puis vous décidez naturellement de garder tous ses trésors... en traîtres solidaires, vous rompez le contrat, vous vous barrez avec les avantages... sans autre souci que de savoir si moi... le Mob, j'ai pu réaliser mes avancées dans ce contrat... ça, vous vous en foutez !

FIL. – Henry... on n'a rien perçu... Chacun ici a organisé son fief... tu le sais bien... C'était une galéjade... Certes, on a rencontré tes amis... mais toi aussi, tu bénéficias de nos relations... on est quittes... reviens sur terre.

HENRY. – Et ma descendance... qui ne vient pas... qu'est-ce que tu en fais ?

FIL. – Ça n'a rien à voir dans le jeu…

HENRY. – Et ma demande au pape ?… Il me snobe… moi le Huitième… Comment vais-je épouser ma nouvelle égérie… si je n'ai pas nettoyé ma situation avec l'autre… pour fonder ma dynastie ?… *(Il va vers Scribe.)* N'avais-tu point téléphoné à Rome ? Tu n'as rien fait lorsque ce bouseux de cureton t'a envoyé sur les roses… Ah mais, je n'en resterai point là !

SCRIBE. – C'était un gag… tu as bien vu que le téléphone ne fonctionnait pas !

HENRY. – C'est toi qui ne fonctionnes pas, Scribe… le téléphone, ça te dépasse !

SCRIBE. – Mais… je rêve !

Les personnages sont stupéfaits…

FIL. – Henry… enfin, je ne veux pas entrer dans ton intimité… mais c'est… enfin… délicat de parler de cela… c'est ta vie privée… mais Katy… ta… enfin… ta compagne… tu n'es pas marié… je veux dire… tu ne peux casser un écrit qui n'existe pas… tu comprends ?… Quant aux sentiments, c'est une affaire privée… entre elle et toi !

HENRY. – Le lien, jeune homme inculte… n'est pas seulement un bout de papier… tu es bassement trivial…

GUS *(s'énervant brusquement)*. – Enfin, Henry, qu'est-ce que tu veux nous jouer ?… tu quittes ce burlesque et tu reviens sur terre… ou quoi ?

HENRY *(s'avançant vers lui)*. – Et les avantages que tu as reçus pour tes frusques… c'est grâce à moi… à présent, je vais me faire foutre ?

GUS. – Ce n'est pas ce que j'ai dit… Mes frusques, comme tu dis… ça fait longtemps que je baigne dedans… avant toi !

HENRY. – Je vais me faire foutre ?

FIL. – Henry… peux-tu entendre ?…

HENRY. – J'ai compris que vous êtes tous ligués contre moi… parce que je vais épouser la fille des Allodapos… Avec eux, je vais doubler mon territoire… c'est toute la ville qui sera sous ma domination… Ça vous ennuie parce que vous allez perdre vos petites guitounes de vieux bourgeois devenus… Alors, parce que le pape est contre moi, parce que vous pactisez avec les opposants, je fonde une nouvelle religion et un nouvel ordre de la cité. Vous aurez à répondre de vos traîtrises.

Il se pavane au-devant de la scène… Puis il se met à chercher quelque chose, mais il ne le trouve pas… Fil se lève, va derrière la caisse enregistreuse, s'empare du bourdon et vient le donner à Henry.

123

Fil. – Tenez, Votre Seigneurie… Il vous manquait le symbole de votre pouvoir…

Henry *(changeant spontanément d'attitude à l'égard de Fil)*. – Merci, mon bon conseiller… Je crois à présent qu'il vous reste à délibérer… Je sais que la concorde est un processus difficile à atteindre… mais j'ai confiance en vos lucides péroraisons… Permettez-moi de me retirer afin de préparer demain ma rencontre avec le Grand Zig* des Allodapos.

Il salue et se retire dans le tintinnabulis du carillon de la porte.

Silence.

Gus. – Mais il est frappé…

Fil. – Deux policiers sont venus…

Glog. – J'ai aussi discuté avec eux…

Bell. – On a peut-être poussé un peu trop loin…

Scribe. – On est sept… lui seul est malade du chapeau…

Fil. – Il faut le surveiller… il ne joue plus un rôle… le Mob veut vraiment conquérir la ville.

Stumpf. – Pour l'éterne… ité !

FIL. – Tu vois… toi aussi… tu continues… même Gus disait que son rôle lui plaisait bien… Toi, Scribe, tu avais découvert des compétences de conseiller… Je dois dire que ma position de premier confident m'a fait découvrir les profondeurs insondables de la bêtise… elle nous guette tous, mes amis…

Soudain, on frappe à la porte… Dehors attend Thomas… Il entre… Grand silence qui s'éternise… puis :

THOMAS. – Je sais !

FIL. – Déjà ?

THOMAS. – Je sais depuis longtemps mais… Henry vient de confirmer… il m'a demandé de venir vous remettre dans le droit chemin… c'est son expression… Il a rajouté : « Ils sont fous ! »

Thomas pointe l'index sur sa tempe pour bien affirmer sa pensée.

GUS. – C'est Henry qui est fou !

THOMAS. – Nous sommes tous plus ou moins fous… mais chez lui, la folie est devenue totale, la nôtre est tempérée par des inhibitions de morale… hélas !

Poursuivant sa guerre aux mouches, Bonze abat son arme sur une mouche au moment où Thomas termine son

« hélas ! »… Il récupère l'insecte écrasé avec précaution pour le jeter dans la poubelle…

BONZE. – Moi pas dérange toi…

Les personnages sont captivés par Bonze.

FIL. – Que faire ?

THOMAS. – Causons !

GUS. – Henry te tient pour l'artisan suprême de nos oppositions… Comment l'expliques-tu ?

THOMAS *(semblant très touché, préoccupé, inquiet même)*. – Oui, il me place au milieu du gué… hélas… On peut comptabiliser des milliers d'Henry qui ont élu une rive obsessionnelle. L'homme, sans doute, naît avec une vision de lui-même… que les vagues de l'alphabétisation vont laminer… Parfois, l'âge venant, l'idée fixe resurgit… à l'occasion de heurts, chocs, décentrements… On assiste alors à une hyper croissance du délire…

Pour le dictateur, c'est le pouvoir sur le peuple… le juge, le juriste, le procureur, c'est l'obsession du droit… le religieux, le curé, le moine, c'est la volonté de pureté transcendante… le peintre, le sculpteur, le graphiste, c'est la quête du trait absolu… le militaire, c'est la guerre comme chef-d'œuvre…

Certains réussissent contre tous à conduire leur obsession... Alors la réussite oblitère la raison, les digues cèdent... Autour d'eux, le peuple subit... écrasé par cette dynamique butée...

Devant nous, Henry s'est révélé... Ce fut le moment où le pouvoir lui fut offert et se cristallisa dans le jeu que nous lui avions proposé... nous nous amusions, nous prenions même un certain plaisir machiavélique à ce jeu, tout en sachant qu'il aurait une fin... mais pour Henry, c'était la chance de sa vie... de jouer son rôle... il l'a saisi et ne le quittera plus !

La question, à présent, est de mesurer notre part de responsabilité... car nous savions qu'Henry ruminait ce projet... Nous sommes coupables de l'avoir aidé à accomplir ce mirage... comme sont coupables les électeurs qui élisent un démagogue... ils savent, mais ne veulent retenir que les doucereuses paroles du tribun...

Sauf qu'une fois le réel accompli... surviennent les conséquences !

FIL. – Après... nos... contritions... il faut trouver une solution pour aider Henry...

THOMAS. – Aider... Henry... sans doute... mais comment arrêter le séisme qu'il a provoqué ?

GUS. – Quel séisme ?

THOMAS. – Henry n'est plus maître de sa logique qu'il a placée au-dessus de nous… Casser le mariage par le pape… c'est du délire, mais ce délire le range dans la catégorie des rois de droit divin… Nous jouons le jeu… il casse cette religion pour en créer une autre qui lui donne le pouvoir total… toujours pour se placer au-dessus des contingences quotidiennes… il veut s'allier à ceux qu'il nomme les Allodapos… les « étrangers » en grec… en épousant la fille de L'Eff, lui aussi en mal de pouvoir…

BELL. – Il voulait une progéniture…

GUS. – Il s'en fout comme de sa première chemise… ce n'est qu'un subterfuge… une manip…

STUMPF. – Il déménage de nana à chaque changement de saison…

GLOG. – C'est totalement grotesque…

THOMAS. – C'est une manifestation de pouvoir… il veut diviniser ses actes…

GLOG. – Il y a déjà eu des types aussi écervelés que lui dans l'histoire ?

THOMAS. – Henri VIII, roi d'Angleterre… il décida de créer la religion anglicane, il s'affranchit du pape, épousa la femme avec qui il avait une liaison… assassina deux de ses épouses sur ses six femmes… et son conseiller…

SCRIBE. – Ce Thomas More qui s'est opposé au mariage…

GLOG. – Thomas… toi aussi… tu…

THOMAS. – Je sais… Moi aussi, je participe à la machination… Revenons aux fondamentaux… Henry… est un vrai passe-muraille… Si on comptabilise tous ses coups tordus… on peut l'envoyer pour mille ans à Cayenne… Il a toujours réussi à passer entre les mailles du filet… Bon, le bagne n'existe plus mais il y a ses ersatz… Henry fera ce qu'il a dit, c'est sa ligne de conduite… Ce qui m'inquiète surtout…

FIL. – … ce sont les Allodapos…

THOMAS. – Oui… car eux ne jouent pas… Comme Henry, ils se placent en dehors du cadre de nos lois… Ce qu'ils veulent, c'est profiter de l'alliance pour s'étendre et prospérer… Ils veulent clairement conquérir le terrain, ils utiliseront tous les moyens qui se présentent… Henry est…

FIL. – … l'idiot… bien utile !

THOMAS. – Il faut arrêter Henry !

SCRIBE. – Comment ?

THOMAS. – Henry va demander la main de la fille de L'Eff… Nous avions convenu ensuite de nous rencontrer dans le jardin des Élégies… Il y a un banc à côté d'un buste antique, c'est là que nous serons pour causer. Tout autour, il y a des lauriers-roses… ils sont en fleur… Je vous convie à les investir pour écouter ce qui va se dérouler. Qu'en pensez-vous ?

GUS. – Dis-moi, cette histoire de More qui est assassiné par Henri VIII… c'est vrai ?

THOMAS. – C'est l'histoire de l'Angleterre…

GUS. – Pourquoi il a été assassiné ?

THOMAS. – Mais parce que More était un exemple de probité morale, juridique, religieuse, sociale… il respectait la loi.

GUS. – Mais alors s'il était un exemple… pourquoi a-t-il été exécuté ?

THOMAS. – C'est simple, le roi dicte la loi qui s'applique à tous. Henri VIII voulait divorcer, la loi ne le permettait pas… Alors il change la loi et pour que ce soit clair, il s'attribue un pouvoir divin… puisqu'il n'y a que Dieu qui peut intervenir sur l'évolution humaine. Or, More considère que la religion est un ordre qui ne peut être changé au gré des petits accommodements des dirigeants… More ne modifiera pas sa position… Dès lors, il est en contradiction avec la nouvelle loi… il sera jugé pour entrave à la loi… et décapité.

GUS. – Tu crois qu'Henry peut aller jusqu'à… cette extrémité ?

THOMAS. – Il y a un risque… Henry est parvenu au plein soleil de sa folie… mais ce que je sais… c'est que l'alliance avec L'Eff… lui donnera le dernier coup de pouce de l'action… il est capable du pire…

GUS. – Tu en es certain ?

THOMAS. – Certain de rien… prudent de tout… À présent, j'ai à faire… je vous laisse méditer sur cette rencontre…

Thomas sort… Le cénacle des caciques reste un instant silencieux…

FIL. – Je crois que Thomas est en danger… Je suis certain qu'Henry a pété un plomb… Je ne le reconnais plus… il s'est vraiment identifié à cet Anglais… Mais pire, il est entré dans la peau de l'autre… lui aussi un Huitième…

BELL. – Que faire ?

FIL. – Lui jouer un bon tour… on est rodés !

SCRIBE. – Dans cette histoire, on doit faire la part entre folie et réalité… Si Henry est devenu fou… L'Eff, lui, ne l'est pas… Il fera tout pour tirer parti de la situation… Est-ce que l'on veut voir les pouvoirs de L'Eff se développer ?… Non, n'est-ce pas ? Or, l'union avec sa fille… n'est pas une comédie… Si Henry quitte Katy pour la donzelle voilée… cela signifie qu'il rompt avec nous… et les troupes du migrant entrent dans nos territoires… Attendez-vous à voir, dans les jours qui suivent, des vagues envahir nos terres… ça c'est la réalité… d'autant qu'Henry est convaincu que sa nouvelle religion lui donnera tous les pouvoirs… Il se donne le droit aussi de pactiser avec la communauté des Zoutremers…

FIL. – Même si le territoire est administré par la République… ici… la République… se fait bien absente… et avec ce mariage, elle sera tellement discrète qu'on aura peine à l'identifier…

GUS. – Il faut empêcher ce mariage… il faut encabaner Henry… L'Eff sera prudent, il ne paraîtra jamais en première ligne, mais il prendra des territoires… qui seront perdus lorsqu'il aura installé ses fantassins, ses religieux, ses petites mains et ses commerces…

FIL. – Comment empêcher cette union ?

GUS. – J'ai une idée… qui me trotte dans l'occiput… mais est-ce réalisable ?

SCRIBE. – Dis toujours !

GUS. – Dans le jardin des Élégies… on se planque… on place un faux Thomas debout derrière le banc… Henry arrive, il va l'apostropher… il est tellement remonté qu'il ne perçoit pas la manœuvre… il l'invective… Le vrai Thomas est dans le fourré… il répond… jusqu'au moment où…

FIL. – Ça va, j'ai compris…

GUS. – Fil, tu vas dire à Henry que Thomas souhaite le voir… mais après son entretien avec L'Eff… et non avant…

FIL. – Quel argument ?

GUS. – Tu l'emberlificotes…

SCRIBE. – Bon, au travail…

Le groupe des caciques sort… Le carillon tintinnabule… Restent Bonze et Gus avec sa petite carriole… Gus médite… Bonze poursuit toujours les mouches…

GUS. – Moi… qui ne suis pas allé bien loin dans les études… primaires… j'avais acquis la certitude… que ce n'était que chez les rois, reines, empereurs, présidents, dictateurs… et autres despotes que le pouvoir montait au cerveau… Eh bien… je m'étais trompé… Non, mon instituteur, le pauvre, s'est gouré… Voilà que le roi des ferrailleurs se prend pour un Anglais… snobe le

133

pape… devient Dieu… annule ses frasques avec Katy… et veut zigouiller le Thomas… Quelle époque !… Au fond, entre un roi héréditaire et un roi putatif, c'est kif-kif bourricot… serait-ce ça « l'ascenseur social » ?

Il regarde Bonze qui fracasse une mouche et la récupère.

BONZE. – Pas bon !

Gus range ses objets sur la carriole avant de quitter le plateau.

GUS. – *Allez veiran ben* !* Salut, Bonze !

BONZE. – *Zai tian* zai tian*[1]…

Rideau.

---

[1]. Prononcer très rapidement les quatre syllabes.

Quatrième tableau

L'annonce faite à l'amie

Henry est reçu chez L'Eff, *le chef des Zoutremers…
On commencera par un dialogue courtois ubuesque, qui
évoluera rapidement vers une volonté de pacte concernant le
partage des pouvoirs.*

*La promise est présentée en poster grandeur nature
– une photo qui ne veut pas rester en place et qui s'enroule
sans cesse sur elle-même…*

*Le décor comportera de grands rideaux de mousseline,
des tapis, des sièges en forme d'estrades basses couvertes de
coussins plats. Le tout s'inspire de l'Orient, mais ne le
nomme pas, c'est surtout un grand carnaval. Aucun signe
religieux, aucune écriture ne doit apparaître qui
connoterait une quelconque appartenance…*

*Henry et L'Eff arrivent ensemble, après avoir traversé
un rideau de mousseline… L'Eff tient fermement Henry
par le bras. Henry est en grande tenue Empire… L'Eff
est lui aussi costumé : il a des pantalons jaunes bouffants
sur lesquels tombe une espèce de chemise longue, chausse
des babouches avec bouts recourbés et porte une sorte de
turban bleu qui pend dans le dos ainsi que d'autres
breloques…*

L'EFF. – Je suis très heureux de te recevoir… mon frère ! *(On entend un son de cloches…)* C'est normal chez nous… ce que tu entends… le son des clochettes qui rythment notre vie… Vois-tu… elles… ces sonorités… te rappellent que tu ne vis pas seulement pour toi… sinon, tu serais un égocentrique… Non, tu appartiens à un espace saint sincère… une scène sans saints, ce serait assassin… malsain… impossible de n'être pas sain dans cet espace de tous les saints… *(On entend un grand bruit de casseroles qui tombent ; quelqu'un crie des insultes au coupable.)* Ça aussi, c'est normal chez nous… ce que tu entends… on l'entend souvent… Dis-moi, mon frère, tu joues à des jeux ?

Pendant toute la tirade, Henry cherche à se libérer, mais comme L'Eff lui tient fermement le bras, il n'y parvient pas.

HENRY. – Il faut avoir le temps pour jouer, c'est une perte de temps, et moi, je n'ai pas de temps à perdre… j'ai ma dynastie à…

L'Eff se rapproche de lui, mais Henry tente de se dégager.

L'EFF. – Imagine-toi qu'il m'a fallu plus de dix ans pour placer un mot… j'en rêvais…

HENRY. – Placer un mot ?

L'EFF. – Oui… mais quel mot !

HENRY. – Dix ans à…

L'EFF. – Dix ans à chercher comment parvenir à étaler ce mot sur le carton…

HENRY. – Dix ans pour un mot… et le reste du temps, que faisiez-vous ?

Henry tente de retirer son bras… en vain.

L'EFF. – J'attendais le moment !

HENRY. – Seul ? Ah, mais…

L'EFF. – Non, j'invitais des joueurs… autour de la table…

HENRY. – Des joueurs…

L'EFF. – Pour les sélectionner…

Henry tire plus fort sur son bras pour se dégager, mais l'autre le tient toujours aussi fermement, si bien qu'il finit par renoncer.

HENRY. – On sélectionne dans ce jeu ?

L'EFF. – Bien sûr… on élimine… surtout les mirliflores*… sans parler des jocrisses… des bélîtres*… et le cuistre, tu le connais, celui-là, qui veut toujours corriger tes textes alors que lui n'écrit jamais un mot… Celui-là, je l'exècre… Jouerais-tu avec la valetaille, mon ami ?

HENRY. – Non… mais… mon bras…

L'Eff. – Ton bras n'est utile que pour servir… l'autre… l'autre bras… pour poser le dernier pion de l'arc qui ceint enfin le mot que tu cherches depuis dix ans…

HENRY. – Mais enfin, n'y a-t-il pas mieux à faire que de chercher un mot sur un carton… et si possible de me lâcher le bras ?

L'Eff. – Tout dépend du bras !

HENRY *(excédé).* – Alors, quel était ce mot ?

L'Eff. – « Infundibuliforme* » ! *(Et L'Eff, triomphal, lâche enfin Henry, écarte grand les bras et jette un cri de victoire :)* Enfin !

HENRY. – Ouf, enfin ! *(Henry fait un saut de côté, se masse le bras et tourne sur lui-même en tapant des pieds ; son bras est endolori.)* Mais enfin, qu'est-ce que ça signifie ?

L'Eff. – « En forme d'entonnoir » !

HENRY. – Mon bras… un entonnoir ?

L'Eff. – Dix ans pour poser enfin ma croix…

HENRY. – Un entonnoir en forme de croix… je n'ai jamais vu ça… mais… *(il s'écarte encore plus loin en se massant le bras)*… oui, j'ai joué jadis… à ce jeu imbécile.

L'Eff. – Merveille des patiences… mon ami…

142

HENRY. – Mais… dites-moi… comment faites-vous pour poser seize pions sur un carton qui ne contient que quinze cases ?

L'EFF. – Comment sais-tu ça ?

Henry, libéré, reprend de la hauteur.

HENRY. – C'est très banal…

L'EFF. – N'ai-je pas dit que l'on sélectionnait ?

HENRY. – Sans doute, mais il reste que seize lettres ne peuvent pas être placées sur quinze cases…

L'EFF. – Sauf si tu élimines une lettre…

HENRY. – Laquelle ?

L'EFF. – Par convention… celle… qui te gêne au moment de poser…

HENRY. – Mais alors… le mot est boiteux…

L'EFF. – Souvent, les mots boitent…

HENRY. – Le jeu est truqué…

L'EFF. – Tous les jeux sont truqués…

HENRY. – Le résultat est faux…

L'EFF. – Tous les résultats sont faux…

HENRY. – Vous trichez !

L'Eff. – Et toi, tu ne boites pas ?… Avec ta religion, tu ne truques pas… tu ne fausses pas… tu ne triches pas… ?

Henry. – C'est différent !

L'Eff. – En quoi ?

Henry. – Parce que c'est moi !

L'Eff. – C'est juste… Asseyez-vous, seigneur Huitième Créateur ! *(Il frappe dans ses mains et s'assied à son tour… Un valet en tenue anachronique, type valet colonial anglais, portant un short et un casque, arrive et apporte un plateau sur lequel il y a théière et tasses.)* Que me vaut l'honneur de ta visite ? J'ai ouï tes exploits… tu es un très grand seigneur, mon ami… tu règnes sur un immense territoire… Prends donc une datte et une figue… Bois cette tasse de thé à la menthe… elles te chaufferont le cœur… car une panse… pense… pense-z'y… tu dois compenser ta dépense… c'est ta récompense !

Henry. – Je suis venu pour notre affaire !

À nouveau, on entend des casseroles qui tombent, des gens qui courent, des insultes, une vaisselle qui se fracasse au sol, puis un aspirateur qui ramasse les morceaux… Soudain, un jeune garçon traverse le plateau en courant, poursuivi par un vieux personnage qui essaie péniblement de le rattraper, un bâton à la main… Mais le gamin va trop vite et le vieux souffle au milieu du plateau en s'appuyant sur son bâton et en maugréant…

LE VIEUX PERSONNAGE. – Ah, de mon temps… les mioches… ! *(Il s'adresse au public en tournant le dos à Henry et L'Eff.)* Moi, je le dis… Depuis le jadis… c'est tout escagassé…

L'EFF *(se levant)*. – Va… doucement… je suis en affaires… Va… soigne-toi ! *(Le vieux personnage sort du plateau en boitant. L'Eff se rassied.)* Tu as des enfants, grand sachem ?

HENRY. – Justement, c'est pour cette raison que je suis ici.

L'EFF. – Pour toi ?

HENRY. – Comment, pour moi ?

L'EFF. – Je comprends… Chez nous… nous avons des réconfortants pour cette consécration… à toi, je peux le dire… Comment crois-tu que je fasse avec quatre femmes et dix-huit enfants… Tu veux redresser le vit, mon ami… c'est ça ? J'ai tout ce qu'il te faut…

HENRY. – Mais non, ce n'est pas pour moi !

L'EFF. – Tu aurais d'autres soucis ?

HENRY. – Vous avez reçu mon conseiller…

L'EFF. – Oui…

HENRY. – Il vous a tout expliqué…

L'EFF. – Oui…

HENRY. – Donc… que répondez-vous ?

L'EFF. – Oui…

HENRY. – Oui à quoi ?

L'EFF. – Tu sais, mon ami… souvent les conseillers… au moment où ils ont reçu le viatique du seigneur pour aller le transmettre au vizir… souvent, en cours de route, ils s'égayent dans les prés, les mauvaises zones, les faubourgs où folâtrent les femelles… Arrivés au bout du chemin, la plupart du temps, ils ont tout oublié…

HENRY. – Mais alors à quoi sert un conseiller ?

L'EFF. – À reporter tous tes maux sur son dos… c'est bien utile…

HENRY. – Je me doutais… souvent…

L'EFF. – Eh bien, à présent, tu sais !

HENRY. – Ce serait…

L'EFF. – Si ta patience a été mise à l'épreuve, je t'invite donc à me poser… ou plutôt à reposer… ta question philosophique… Tu es venu pour cela… Je t'écoute, mais avant, je te conseille donc lorsque tu arriveras à ton gourbi… sans un mot, de prendre ton bourdon et de le fracasser sur le dos de ton valet... Si tu ne sais pas pourquoi... lui, il le saura... selon une vieille coutume de chez nous... Parle, mon ami ! *(On entend un immense cri derrière le décor : « Ferme-la... vaurien ! » Silence. Henry ne sait plus quoi faire !)* C'est pour le marmot... Parle sans retenue... ici, tu es chez toi !

HENRY. – Donc... je résume... *(Pendant qu'il parle, on peut vaguement distinguer des mouvements dans le dos de L'Eff. Derrière les rideaux qu'Henry perçoit de trois quarts, des silhouettes passent et semblent installer un décor... Henry s'arrêtera plusieurs fois de parler pour tourner la tête dans cette direction afin d'observer ce curieux manège avant de reprendre.)* Vous savez, seigneur... que mon titre est le Huitième...

L'EFF. – Je sais, je sais... je t'ai salué avec...

HENRY. – Ah bon !

L'EFF. – Va à l'essentiel...

HENRY. – Bien ! L'ascension fut difficile...

L'EFF. – Toutes les ascensions sont rudes... Plus haut tu montes, plus les chutes sont pires encore... je sais ça aussi !

HENRY. – Ça aussi !

L'EFF. – Poursuis !

HENRY. – Je règne donc !

147

L'Eff. – Je sais, je sais !

Henry *(se levant, ulcéré).* – Bon, alors je n'ai plus rien à dire ?

L'Eff. – Je sais ça aussi…

Henry *(restant debout, interdit).* – Mais…

L'Eff. – Pose ton cul… poursuis !

Henry. – Mais !

L'Eff. – Mais ?

Henry *(se rasseyant).* – Je règne… mais… mon peuple ne me suit pas… toujours !

L'Eff. – Eh bien, voilà… tu l'as dit… je sais ça aussi ! Et c'est pour ça que tu es là !

Henry. – Alors !

L'Eff. – Alors ?

Henry. – Je vais imposer *ma* religion… à *mon* peuple… *mon* texte canonique… *mes* ordres… *mes* lois… *mes* liturgies… *(Henry s'enflamme progressivement et se lève)…* parce que cette glèbe me nargue… moi Henry le Huitième… Je vais donner au monde le texte qui arrêtera tous les conflits… en même temps, il coupera le lien idiot qui me liait à cette femme qui n'est pas capable de me donner un héritier… Comment, à moi !…

le Huitième !… je ne vais pas assurer ma descendance ?

L'Eff. – Et c'est pour ça que tu crées une nouvelle religion ?

HENRY *(criant, emporté par son élan)*. – Oui !… enfin… *(Plus bas.)* … oui…

L'Eff. – Tu en es certain ?

HENRY. – Euuuuuouiiiiii…

L'Eff. – Ah ! ah !

HENRY. – Enfin… la progéniture… c'est l'avenir…

L'Eff. – Voyons le présent !

HENRY. – Car… qui donne une progéniture… donne…

L'Eff. – Des arguties…

HENRY. – Quoi ?

L'Eff. – Par « arguties », je veux dire : des prétextes… Je suis heureux de savoir que ton essentielle pensée ne se sent préoccupée que par le souhait de démerder un mouflet… je suis vraiment heureux de ton élévation…

HENRY *(se reprenant)*. – J'ai commencé par le plus simple…

L'EFF. – Voyons le plus complexe…

HENRY. – La moitié de la ville m'appartient… le secteur des chiffons… le secteur des casses autos… le secteur des ordures… la totalité moins quatre-vingt-dix pour cent des brocantes… tous les mendiants des carrefours sans les Roumains… quelques îlots distribuent de l'herbe…

L'EFF. – Je sais… tout ça !

HENRY. – Je veux offrir à tout ce monde… qui me sert… le confort… la sécurité… l'aisance… les rassembler sous une même cuvée… ma religion… qui me place à la tête du peloton selon une sublime hiérarchie… dont la totalité doit se conclure par une descendance… une dynastie à mon nom…

L'EFF. – Bon… mais ta religion… enfin tes textes… qu'est-ce qu'ils disent ?… ils combattent les autres religions ?

HENRY. – Seulement la romaine…

L'EFF. – Pourquoi la romaine ?

HENRY. – Elle me débine !

L'EFF. – Tu blasphèmes contre ta religion… celle qui t'a formé… Sans elle, tu ne serais qu'un pauvre ver de terre vagissant en silence dans ta merde… un vulgaire lombric qui va se faire dévorer par un noir corbeau… Tu as la prétention de chier toute cette culture parce qu'un philosophe l'a écrit ?

HENRY. – Je ne prétends rien… je suis !

L'EFF. – C'est donc pire… pauvre… Bon, tu t'élèves contre vingt siècles de savoir d'un seul claquement de doigts…

HENRY. – Oui, mais elle ne veut pas que je divorce…

L'EFF. – Et alors… ?

HENRY. – Je veux une femme honorée par l'Église qui me donnera des enfants… ma descendance…

L'EFF. – Prétentieux !… Tu inventes cet argument comme prétexte… alors que tu courtises toutes les minettes qui virevoltent dans ton espace… On dit que tu aimes les saltimbanques, les grisettes et surtout les scribes qui jargonnent dans les gazettes !

HENRY. – Elles me racontent…

L'EFF. – Bon, supposons que je t'entende… j'aimerais bien détailler ce que nos unions vont me gratifier… Tu as listé tes territoires, à présent dis-moi comment tu les administres !

HENRY. – C'est simple…

L'Eff. – Seulement simple ?

Henry. – Simplement simple…

L'Eff. – Le simple de l'un n'est pas toujours l'aussi simple de l'autre…

Henry. – Sauf pour les simplets…

L'Eff. – Tu simplifies… Alors détaille ta loi fondamentale… que je vois ça de près !

Henry. – Article 1… Je prononce mon divorce… je tranche le nœud gordien…

L'Eff. – Tu te prends pour Alexandre… Tu ne parviens pas à dénouer… alors tu tranches…

Henry. – Article 2 : je tranche tout ce qui me noue à la papauté… comme le fit mon illustre prédécesseur Henri VIII, qui non seulement trancha son divorce mais se proclama Dieu… Depuis… tous les rois… empereurs… présidents… ne font que copier Alexandre et Henri…

L'Eff. – Et comment s'appellera ta religion ?

Henry. – Article 3, c'est la Nouvelle Métarrythmisi…

L'Eff. – C'est… curieux !

Henry. – C'est grand !

L'Eff. – Je gagne quoi avec ta nouvelle… ?

Henry est debout : il a pris de l'assurance et en impose presque…

HENRY. – Vous gagnez la liberté… puisque je règne… vous êtes mon allié… je suis le nouveau code… les nouvelles Tables de la Loi… Vous, étrangers, serez protégés par les polices de mon fief… Votre religion ne sera jamais caricaturée… ni pointée… ni notée… Vous aurez la paix dans votre communauté… motus… et pour sceller ce nouvel ordre… vous me donnez, selon nos conventions, votre fille aînée… sublime… un ange…

L'Eff. – Oui, hum, la quatorzième aînée… Dis-moi… grand seigneur…

HENRY *(distrait)*. – Oui…

L'Eff. – J'ai deux ou trois prédicats des cousins qui sont là-bas au bled… ils aimeraient tant venir se ressourcer dans ta Méta… pour une Muta… tu vois ?… comprendre le sens des mots de ta langue… qu'ils vénèrent !

HENRY. – Ont-ils la nationalité hexagonale ?

L'Eff. – Est-ce important ?

HENRY. – Aucun souci… j'ai des relations avec les condés…

L'Eff. – Dis-moi… aussi… nous avons quelques jeunes qui aiment beaucoup le commerce… c'est pas des fainéants… ils importent des herbes aromatiques de là-bas, sortes d'épices à par… fumer… On pourrait les aider à développer ce commerce… Tu pourrais même recevoir une ristourne… Oh, misérable… mais pour honorer ta magnanimité…

Henry. – J'ai des relations…

L'Eff. – Ah ! Au fait, grand seigneur Henry le Huitième… tu sais… on a une construction… une modeste guitoune… elle aurait besoin de quelques coups de peinture… Tu as dit avoir des amis dans le bâtiment… ils pourraient peut-être voir ce misérable bricolage…

Henry. – Un bâtiment vide ?

L'Eff. – Vide… ou plein… selon les moments… Parfois, il y a des réunions… surtout le vendredi… sans importance… Un ami à moi monte sur une estrade… raconte comment qu'il faut se conduire… dans la vie… selon les écrits de notre Sage qui vécut en Afrique…

Henry. – Oh… bénin !

L'Eff. – Non, bien plus au nord…

Henry. – Au nord ?

L'Eff. – Oui, au nord du Bénin !

HENRY (se rasseyant). – Ah bon… mes relations rapprochent les peuples…

L'EFF. – Bon, dans ce cas, rapprochons-nous… (Il tape dans les mains… Le majordome exotique arrive.) Musique… sucreries… mademoiselle… au trot… (Grand remue-ménage… Le majordome apporte des plateaux sur la table basse, puis il revient avec un aspirateur à main et passe l'appareil sur le tapis… Le majordome fait lever Henry… Avec une petite brosse, il enlève la poussière sur la veste d'Henry et fait de même avec L'Eff… Le choix de la musique relève du metteur en scène… De temps en temps, le valet va modifier le volume… Parfois, il est très fort… L'Eff va le baisser… Plusieurs fois ce jeu… Bref, tout est prêt : la lumière est atténuée, ils se rasseyent… La musique diminue d'intensité puis s'arrête… Le majordome se place à côté du rideau et l'écarte lentement ; il encadre un immense poster : la promise apparaît… en voile intégral, debout, immobile… Il reste à côté du portrait… Dans l'arrière-salle, on entend comme au début de la vaisselle qui tombe, quelqu'un qui hurle et maudit le saccageur.) Je te présente ma chair… c'est sublime, non ?

HENRY (se levant). – Je crois que je suis ému…

L'EFF. – Tu peux croire que tu l'es…

HENRY. – Je suis ému… je crois…

L'EFF. – Tu le crois ou bien tu…

HENRY. – Mais ému d'émotion… *(Il s'avance doucement, s'apprêtant à faire une déclaration passionnée.)* Jusqu'à ce divin moment, vous fûtes si loin de moi… que…

Il s'approche lentement, mais soudain, le portrait s'enroule…

L'EFF. – Arrête, malheureux… Tu la fais fuir… Songe que tu es encore un étranger… n'oublie pas…

HENRY. – Mais je voudrais tant lui exprimer toute ma flamme…

Le majordome se précipite pour dérouler à nouveau le portrait, puis il prend un caillou, le pose sur le bas du poster et se replace à côté.

L'EFF. – Surtout pas de flammes, elle se consumerait !

HENRY. – Est-ce qu'elle est d'accord pour… conclure ce lien ?

L'EFF. – Ah oui… enfin… elle n'a pas dit non…

HENRY. – Mais elle n'a pas dit oui…

L'EFF. – En réalité… elle n'a rien dit… Chez nous, vois-tu, les femmes sont pudiques… Seul le regard parle… Moi, j'ai lu dans son regard… son accord total…

HENRY. – Mais elle pense au moins… ?

L'EFF. – Si elle pense ? Je pense bien… qu'elle pense ! Qu'en penses-tu ?

HENRY. – Je ne voulais pas vous offenser… elle est bien calme… immobile…

L'EFF. – Elle a beaucoup de patience… *(Il va vers Henry.)* Vois-tu… chez nous… dans notre culture… la femme apprend selon des règles simples tout un chapitre de piétisme, angélisme, patience, compréhension, dévotion, contorsion, componction, attention… à remplir sa mission en silence… elle va au puits, remplit les seaux, les rapporte au logis… simplement…

HENRY. – C'est beau… et elles enfantent… vos femmes ?

L'EFF. – Elles n'ont que ça à faire…

HENRY. – Mais lorsqu'elles couvent… il devient… difficile… pour l'époux de…

L'EFF. – Eh bien… eh bien…

HENRY. – Vous comprenez !

L'EFF. – Tu veux dire… que tu serais privé de ton repos du guerrier ?

HENRY. – Repos… si on veut…

L'EFF. – Ta religion nouvelle accorde-t-elle le droit d'accueillir plusieurs repos à l'époux ? C'est bien ce que j'avais cru entendre ? Non ?

HENRY. – Ce n'est pas incompatible… Pendant que l'une couve… l'autre pond… la troisième cuit… et la quatrième… s'offre !

L'EFF. – Ta religion nouvelle apprend vite… et nous avons le choix !

HENRY. – Ma Nouvelle Métarrythmisi !

L'EFF. – Ce mot est bien compliqué… « Métamisi »… serait pas mal… « Métoi-ici »… encore mieux, non ?

HENRY. – Il faut que je réfléchisse ! Mais avant tout… j'aimerais…

L'EFF. – Parle, mon fils !

HENRY. – J'aimerais lui déclarer ma passion…

L'EFF. – Je croyais qu'on avait terminé avec ces procédures !

HENRY. – C'est normal chez nous, dans notre culture…

L'EFF. – Tu n'as pas tout nettoyé dans ta nouvelle « Métoi-ici »… il reste encore des scories archaïques…

HENRY. – Je sais… mais…

L'Eff. – Bon… déclare… mais dans ma tradition… je ne peux pas la quitter… je la protège… tu comprends ?… Je me ferai discret… tu peux t'enflammer, mais tu ne peux pas trop t'approcher, sinon elle va brûler… tu comprends ?… La passion consume…

Il claque des mains… La lumière baisse : seule la silhouette reste nimbée d'un doux halo… Une douce musique s'entend… La silhouette reste immobile, encadrée par des rideaux de mousseline… L'Eff et le majordome sont assis de part et d'autre du poster, mais Henry est tellement emporté par sa passion amoureuse qu'il ne remarque rien.

Henry. – Déclaration d'amour… *(il sort une feuille de papier et déclame selon les normes de l'époque médiévale)…* que j'ai composée… pour elle…

À Rosalinde… Oh ! Rosalinde…

L'Eff. – Elle s'appelle Khadija… tu peux l'appeler Aurore…

Henry. – Ce sera Rosalinde… que je murmure tous les instants de la journée et de la nuit… on ne pourra plus la débaptiser… À présent, tu es et tu seras toujours ma Rosalinde…

L'Eff. – C'est sa religion nouvelle… ça ne coûte rien !

Au moment où Henry commence sa lecture, la silhouette vacille, mais elle est retenue par le pied du majordome… Henry, trop occupé à se préparer à lire son poème, ne se rend pas compte que le majordome pousse un caillou… Puis il se redresse alors et réalise des courbettes pour honorer la dame…

HENRY. – Elle est émue… sans doute… *(À présent que le majordome a posé une seconde pierre sur le bas de la photo, celle-ci est bien à découvert. Néanmoins, il reste toujours debout non loin d'elle pour la surveiller…)*

Calmez-vous, gente dame… je vais vous enchanter par mes vers… j'y vais !

Odelette…

L'EFF. – Elle a encore changé de nom ?

HENRY. – Mais non, c'est le titre… « Odelette à Rosalinde »…

L'EFF *(soupirant)*. – Ce sont les mystères de l'Occident !

HENRY. – Oh ! ma sublime Rosalinde,

        Plus fraîche qu'un champ d'œillets d'Inde…

        Ah ! Je voulais que tu susses

        Après que j'eus chanté mon laïus…

Combien m'inspire ta frimousse…

Je n'ose l'acte qui te trousse…

Nous sommes si loin d'être réunis

Et pourtant je ne suis démuni

D'élans transformés en passion…

Pour avec toi la conflagration…

Maîtresse, viens que je te baise…

Le *Mirabilis Annus*…

L'EFF *(criant).* – Quoi ?… *qué annus ? (Le caillou roule et tombe d'une marche si bien que la photo s'enroule… Le majordome se précipite et la déroule… Il masque le caillou autant que possible… L'Eff se précipite sur Henry et l'attrape par les épaules afin qu'il regarde ailleurs…)* Tu es trop passionné, mon ami, elle n'en peut mais…

HENRY. – Je suis confus… je n'ai pas terminé mon odelette… L'an merveilleux qui vient… mais ce bruit en tombant m'a semblé très rude…

c'était du dur… me semble-t-il… elle a l'air solide…

L'Eff. – Oui… *(Dans son dos, il fait signe au majordome de retirer la photo… Elle s'enroule… Le majordome décroche le rouleau…)* Mon très cher Henry… écoute, il faut qu'elle aille se reposer… ta passion… ta lascivité lui ont donné les crespinettes*…

Henry se retourne… Le majordome tient le rouleau sous le bras.

HENRY. – C'est bon signe !

L'Eff. – Mais ça peut provoquer une maladie du mitan*… C'est comme qui dirait que ton chant lui gerce la peau… *(Au majordome.)* Va te reposer, ma fille !

Le majordome se retire derrière les rideaux.

HENRY. – Peuchère !

L'Eff. – Vois-tu, chez nous, les filles qui vont avoir un sublime destin… se tiennent dans l'alcôve pour étudier les règles de la sagesse du quotidien…

HENRY. – Je peux lui baiser la main au moins ?…

L'Eff. – On ne baise pas la main d'une jeune fille… mais pour toi, je vais faire une entorse aux bonnes règles… Va pour la main… mais pas plus… elle te tendra le bras…

Il frappe des mains… Les rideaux s'entrouvrent et un bras tatoué apparaît… L'Eff conduit tout doucement Henry vers ce bras qui s'anime, jusqu'à ce qu'il soit en face de lui : c'est le majordome qui est derrière et qui tend le bras… Henry se baisse et baise la main, en l'observant un peu… L'Eff le retient et le fait reculer pendant que le bras disparaît.

HENRY. – Elle a des mains fortes… ma Rosalinde !

L'EFF. – C'est la tradition chez nous… nos femmes sont des artistes des arts domestiques…

HENRY. – Je suis comblé !

L'EFF. – Dis-moi, mon cher Henry… Chez nous, la tradition veut que le prétendant offre un présent au géniteur… que m'as-tu apporté ?

HENRY. – C'est vrai… mais où avais-je la tête ?… *(Il ouvre sa besace et en sort un livre…)* Je sais que vous aimez la lecture… si ! si ! C'est ce que l'on m'a affirmé… J'ai recherché une rareté… fort luxueuse… chère… prestigieuse… avec des enluminures… la voilà !

L'EFF *(écœuré)*. – Un bouquin ?

HENRY. – Oui mais quel livre !

L'Eff. – *Les Contes des mille nuits* !

HENRY. – Sublime !

L'Eff. – Je connaissais *Les Contes des mille et une nuits* !

HENRY. – Vous aurez le supplément plus tard…

L'Eff. – Plus tard ?

HENRY. – Lorsque j'aurai vécu mes noces avec Rosalinde ! Elle vous contera la mille et unième nuit qui vous manque…

L'Eff. – Tu es un malin, toi !

HENRY. – Je sais !

L'Eff. – Bien… j'organise cette fête qui va permettre à nos deux territoires de se fondre en un seul… Mais dis-moi… j'ai ouï dire que tous tes caciques, plus ou moins, regimbaient…

HENRY. – « Regimbaient » ?… qu'est-ce à dire ?

L'Eff. – Je veux dire que ton territoire risque d'être… moins… comment dire ?… moins vaste que prévu si tes caciques te quittent.

HENRY. – Une jacquerie… c'est ça !

L'Eff. – C'est ça ! Mais c'est plus que ça !

HENRY. – Oh ! là... parlez sans détour, homme de bien !

L'EFF. – Écoute-moi... je vais être simple... je te donne ma fille... la sublime Aurore...

HENRY. – Rosalinde...

L'EFF. – Bon, Rosalinde... Ne m'interromps pas... Je te donne ma fille parce que j'ai du cœur... Tu l'auras, ton marmot... Ce don de mon clan est un sacrifice... tu comprends ?... Mais tu gagnes en dehors de la chair de ma chair des avantages considérables... Grâce à moi, tu deviens Dieu... tu tranches les nœuds... tu fais table rase du passé divin... Songe... tu t'arroges ce pouvoir qui te donne vie et mort sur tout ce qui bouge... mais si ton territoire est minuscule... quelques mètres carrés, si tu veux... j'y perds au change... Si tes caciques te quittent, les frusques, les casses autos, les mendiants, les puces, autant que les putes... m'échappent... et mes commerces ne pourront jamais s'installer... tu comprends ?

HENRY. – Vie et mort... ah ! ah ! Justement... j'ai un conseiller... qui manipule les foules...

L'EFF. – Comment s'appelle-t-il déjà ?... euh...

HENRY. – Thomas !

L'Eff. – C'est ça, Thomas… celui qui doute ?

Henry. – « Douter »… voilà un verbe impropre… il me contredit… en vérité !

L'Eff. – Et que comptes-tu faire ?

Henry. – Le supprimer !

L'Eff. – Et comment ?

Henry *(faisant le geste de couper la tête)*. – Ziiiiiiiiiip !

L'Eff. – C'est prévu dans ta religion ?

Henry. – Elle prévoit tout ! Dès qu'il sera occis… les autres n'oseront point regimber… n'est-ce pas ?

L'Eff. – Je comprends !

Henry. – Non, vous ne comprenez pas !

L'Eff. – Ah bah !

Henry. – Je vais vous expliquer… Moi… j'étais le dernier d'une famille de huit… c'est pour cette raison que l'on m'appelle le Huitième… À 8 ans… j'ai quitté l'école… pour ne jamais y remettre les pieds… les sept autres ont fui… je suis resté seul dans la cambuse… tout seul… je me suis construit… je suis arrivé dans cette ville… en…

L'EFF. – … quatre-chevaux…

HENRY. – Ah, vous savez ça aussi… je l'avais reconstruite avec des pièces détachées que je piquais dans les casses… Je suis devenu le champion de la démerde… Alors j'ai adoubé mes sous-chefs… À l'un je donnais un territoire, à l'autre une légitimité… À lui une relation, à l'autre un biscuit… Tous ces gens-là ne sont ce qu'ils sont qu'en vertu de ma grâce… ils ont des territoires, des avantages, des positions…

À présent, ils voudraient me dédaigner, ils ont même remonté le pape contre moi !

Maintenant que j'ai la certitude d'une descendance… alors j'ai décidé de tout effacer pour créer un nouveau cadre de vie… dans lequel je fixerai l'immanent et le transcendant… la vie et la mort…

L'EFF. – On m'a dit que ce…

HENRY. – … Thomas…

L'EFF. – … ce Thomas avait qualifié ta…

HENRY. – … Nouvelle Métarrythmisi…

L'EFF. – … rythme ici… de nouveau *Schibboleth*… c'est vrai ?

HENRY *(s'emportant et s'époumonant, hors de lui)*. – Ça… ça… et… et… comment savez-vous ça ?

L'EFF. – Je ne suis qu'un microbe… Tu es devenu un Dieu… et de Dieu il faut tout savoir… On me l'a rapporté… On m'a affirmé que ta colère divine serait sanglante…

HENRY. – C'est vrai… il colporte des ragots… des insultes… des chausse-trappes pour que je n'accède point à la reconnaissance universelle… Mais je vais… agir… je vous laisse… Saluez, je vous prie, ma douce Rosalinde…

L'EFF. – Adieu, mon fils ! *(Il le raccompagne jusqu'à la porte en le saluant de mille courbettes… Henry sort et disparaît.)* Quelle histoire ! Oh mais… il a oublié le symbole de son pouvoir ! *(Il court prendre le bourdon et va sur le pas de la porte en criant :)* Hé, Huitième… tu oublies ton saint accessoire…

Il attend un instant… Henry revient…

HENRY. – Je sentais qu'il me manquait une part de moi-même… Ah ! ça va mieux…

Il s'en va tout courbé, un peu misérable.

L'EFF. – Le nouveau *Schibboleth*… ça sonne bien… mais chez lui, ça sonne creux… Il faut que je prenne garde… Dans cette alliance… il y a des

168

avantages… mais de gros ennuis possibles…
Recule de plusieurs pas, L'Eff… Attends…
tranquillement… Dans tous les cas, les croisés…
ils vont se foutre sur la gueule… entre eux…
Reste dans l'ombre…

« Oh ! ma sublime Rosalinde ! » Quel couillon !

Rideau.

Cinquième tableau

L'assassinat

Henry est devenu dangereux car il a décidé d'occire Thomas. Il faut l'arrêter pour démence et délire politique. Mais sur quelle preuve ? Que doit-on faire ? Comment ?

Les caciques imaginent une mise en scène pour piéger Henry et arrêter cette mascarade et ses suites. Ils installeront un mannequin sosie de Thomas. Henry deviendra enragé lors de cette rencontre.

Monologue d'Henry sur le pouvoir, dans lequel il cite des exemples de pouvoir absolu.

Le cinquième plateau va traiter de la légitimité du chef.

Nous sommes dans le jardin des Élégies. Au premier plan, au centre : un banc ; derrière et décalé à gauche, un buste sur un socle ; en fond de scène, des bouquets d'arbres. Arrivent des ombres silencieuses qui portent un long objet. Les ombres disparaissent et se postent derrière les buissons, tandis que d'autres ombres arrivent et se cachent dans les massifs d'arbres… Puis silence… Soudain arrive côté cour Henry portant un bourdon énorme dont le haut se termine en forme de croix… En réalité, c'est une épée dissimulée… Il est prudent : il inspecte les abords et regarde attentivement le buste, puis se dirige vers le banc et s'assied… Soudain, derrière lui, apparaît le mannequin de Thomas poussé par les ombres, qui fait pendant à la statue. Le Thomas en chair et en os est masqué derrière un arbre. Le mannequin de Thomas est vêtu d'un grand manteau et d'un chapeau – tel un mousquetaire.

HENRY *(se levant brusquement)*. – J'entends du bruit… où est-il, ce traître ?

D'autres ombres se faufilent dans les fourrés.

THOMAS *(prêtant sa voix au mannequin derrière le banc)*. – *Holà*, le Huitième ! *Buenos días… qué tal estas ?*

HENRY *(sursautant et se retournant)*. – *Holà ! Soy preocupado…*

THOMAS. – Eh bien…

HENRY. – Enfin, te voilà ! Dis-moi, Grand Odigos* ! Toi que je nommais *in petto* et à haute voix il y a peu Megálo Empnefsméni*…

THOMAS. – Grand Inspiré… quel honneur, mon bon !

HENRY. – Je ne suis pas ton bon !

THOMAS. – Bon !

HENRY. – Ni ton Huitième…

175

THOMAS. – C'est bien neuf !

HENRY. – Je te conseille de m'adresser la parole selon les convenances !

THOMAS. – Depuis quand n'es-tu plus Huitième ?

HENRY. – Je ne suis pas seulement le Huitième… mais Henry le Huitième…

THOMAS. – Entre nous, on peut écourter les salamalecs…

HENRY. – C'est ce que tu crois… c'est ainsi que l'on détruit l'ordre, le respect, les distances des solennités… Tu observeras que je ne te décline pas en bouseux, moi… je conserve ton titre de Megálo Empnefsméni… alors même que dans ma tête et en public je t'ai destitué…

THOMAS. – Pour me destituer… il eût fallu d'abord que je fusse nommé… *teste d'ase** et que j'eusse arboré le titre en couronne… Ce cérémonial n'eut point lieu que je sache…

HENRY. – Forcément, tu contestes mes caciques qui me nommèrent… D'autre part… il y a le ton… il est un peu cavalier à mon égard…

THOMAS. – Écoute-moi, Henry… tu commences à m'agiter les castagnettes… Lorsque tu auras terminé ta comédie, tu nous préviendras… Je t'ai aidé contre les puissants avec mes modestes moyens pour que tu ne fasses pas de conneries dans tes alliances... Ce n'était pas très complexe ni compromettant et je n'engageais point mon métier de conseil juridique... Tu en as déduit que je possédais un surnaturel pouvoir... Ce sont des balivernes, seulement des connaissances juridiques *ad hoc*... et tu te dis protégé comme un parrain... tu ériges une tour de Babel que tu divinises... tu prétends vivre dans un réseau occulte... Je te rappelle que je ne protège personne mais que mon métier m'oblige à défendre tous ceux qui le souhaitent lorsqu'ils sont devant un tribunal... Là, mon ami, je m'en tiens à la loi...

HENRY. – Je ne divinise rien... je crée un ordre nouveau...

THOMAS. – ... un nouvel espace fictif que tu glorifies afin de te valoriser... mais qui es-tu, Henry ?

HENRY. – Ah, c'est maintenant que tu veux le savoir ?

THOMAS. – Je vais te le dire, Henry... Tu es un chiffonnier qui s'est faufilé jusqu'à présent entre les mailles du filet... telle une anguille... Tu as réussi... mais enfin si on décortique tes affaires, on risque de découvrir de grosses cagades*... pour t'envoyer pourrir dans un cachot de droit commun...

HENRY. – Tout ça est relatif… puisque tu as su démontrer que j'étais blanc comme colombe…

THOMAS. – Mais tout le contraire se démontre aussi… y compris l'indémontrable… Le tout-puissant politique n'est pas une illusion… N'as-tu point vu comment le pouvoir orchestrait son bras armé pour éliminer légalement celui qu'il ne voulait point voir régner… c'est même la démarche que tu poursuis… s'aveugler au total pouvoir…

HENRY. – Tous mes caciques m'ont élu souverain… qu'en fais-tu ?

THOMAS. – Tes caciques ne sont en rien de grands électeurs… ce ne sont que des marionnettes… C'était un jeu, une blague, une faribole, une semaine carnavalesque ludique pour s'amuser le jour de ton anniversaire…

HENRY. – Alors tu prétends que tout cela n'est que rigolade ?

THOMAS. – Comédie !

HENRY. – Ils sont installés dans leurs territoires… ils payent le tribut… C'est moi qui ai paraphé leurs nominations à ce poste… ils me rendent compte… Voilà quatre jours écoulés, ils m'ont nommé roi…

THOMAS. – Allons, Henry... ce sont des grimaces... des bouffonneries... dans une communauté de copains... la comédie du roi... ses farces... ses pitreries... ses prétentions... ses avantages... sans doute... ce guignol ne va pas bien plus loin...

HENRY. – Eh bien, mon cher... je suis loin d'être aussi affirmatif que toi... N'est-ce point ainsi que les dynasties s'érigèrent... une communauté... des intérêts... un territoire... un chef... ils définissent l'ordre qui se lève et ils règnent... l'ordre nouveau remplace l'ordre ancien... Je te fais observer que la pertinence de cette communauté, c'est son aptitude à se défendre et à combattre l'ennemi qui voudrait l'occire... Ce n'est pas toi, *grand sachant*, qui vas contredire cette histoire ?

THOMAS. – On peut dire... je te l'accorde... dans la nuit des temps... il y eut des condottieri... des généraux impétueux... des fous-führers aussi... des coups d'État... sans doute... qui bâtirent...

HENRY. – ... même à présent...

THOMAS. – ... à présent aussi... des inconnus sans aréopages, sans doctrines, avec un minimum de troupes... parviennent à conquérir le pouvoir... soit par la force du prédicat... soit par la force des armes ou celle des alliances… peut-être même en usant d'autres *combinazione**…

HENRY. – Tu regrettes de m'avoir conseillé ?

THOMAS. – J'avoue que je m'interroge… sur la lucidité déontologique du fait !

HENRY. – Pourtant, tu as souscrit… Toi aussi, tu ne voulais point passer à côté d'une histoire géniale, celle qui par la force de la liberté enthousiasme les foules qui alors se joignent au guide pour changer le vulgaire quotidien… À présent, tu te reproches ton élan, tu reviens à ta rationalité, tu veux gommer tes actes… c'est pour toi la seule légitimité… peut-être même la frousse !

THOMAS. – Dis-moi… cette situation ubuesque pourrait devenir dramatique… mais qu'importe, je suis d'accord pour conduire le débat…

HENRY. – Mais c'est trop tard…

THOMAS. – Ah !… comment, trop tard ?

HENRY. – J'ai pris mes décisions…

THOMAS. – Soit… Henry… mais alors, discutons pour la gloire… le verbe… le plaisir des mots… si tu veux !

HENRY. – C'est ça, je perds mon temps pour ton confort !

THOMAS. – J'aimerais… imaginer…

HENRY. – Bon… le boss peut se permettre de t'écouter !

THOMAS. – Ce qui m'interpelle… c'est ta conversion soudaine à ta doctrine royale qui va prendre le pouvoir…

HENRY. – Mais je l'ai pris !

THOMAS. – Ah bon !… c'est fait ?

HENRY. – Il ne reste qu'une broutille…

THOMAS. – Une broutille… Hum… Attention ! Mais comment parvient-on en l'espace de trois jours… à fonder ce royaume ?

HENRY. – Ah ! ah ! le philosophe… Vous vivez ailleurs, monsieur… Vous ne voyez point le misérable peuple qui rumine ses maux et ses idées de conversion des choses au ras du sol. Quand on vous pose une question, voilà que vous prenez un art consommé de partir dans les sphères des Grecs… le So… gratte et le Plat… tond, puis tous les sophistes, légistes, psalmistes, zoroastriens, autistes, trappistes, socialistes, marxistes… via les Germains et leur Kant à soi… pour arriver aux constructions structurelles, aux déconstructions *instructurelles**… Alors la pauvre andouille ne comprend qu'une chose dans ce laïus, c'est que vous ne savez rien sauf tant que *psittaquer* comme un perroquet… mais rien de personnel… mais monsieur le *psittaceur**, quel beau ramage !… qui a des conséquences… grand *psittaceur*…

THOMAS. – Des conséquences ?

HENRY. – Rendre idiot, imbécile, benêt tout questionneur… qui questionne… alors le peuple se tait… Il ne connaît que par ouï-dire… sot *gratte* et plat *tond (il illustre ce qu'il dit par gestes)* qui causèrent voilà trente siècles… époque où le seul outil était le bâton… et pas encore la faucille…

THOMAS. – Certes… mais trois jours… comment ?

HENRY. – Tu vois bien que tu vis ailleurs… tu as des peaux de saucisson sur les carreaux*… mon pauvre grand sage… Voilà vingt ans que nous nous connûmes, tu ne t'intéresses pas à mes questions… tu n'as point perçu ma métamorphose permanente… profonde… ma quête…

THOMAS. – Tu m'intéresses…

HENRY. – Ah, je vois… le sociologue anthropologue philosophe *cosmologue** a besoin de matières premières pour bâtir son futur grand ouvrage… qu'il tirera à cent mille pour arrondir son magot… Tu disposes d'un cas unique…

grand *psittaceur*... profite-zan ! Depuis vingt ans... mon ami... depuis vingt ans... je rumine... même avant quand j'étais pouilleux dans ma cambuse, avec mes vieux cabossés, mes frères et sœurs qui me cognaient comme du bois sec... Moi aussi, je voulais changer les choses... mais dans la ferraille auto, je ne trouvais pas les inspirations... ni dans les chiffons... J'eus un long nirvana avec les putes... Puis un jour, je compris que ce serait terminé, que je ne banderais plus... ce fut ma révélation... Je mis la main sur les bouquinistes... je fis un deal avec un vieux rat des bouquins... je l'appelais mon « Tsip* »...

THOMAS. – « Tsip »... ta puce ?

HENRY. – C'est ça, ma puce... Je l'aimais, cet homme... « Je te rachète ta boutique... tu restes dedans... tu m'affranchis en connaissances ! » Tu sais ce qu'il me répond, l'autre ?

THOMAS. – C'est trop puissant pour moi...

HENRY. – Tu te fous de ma gueule, hein, Thomas ?... mais puisqu'il me reste un zeste de bonté pour toi... je vais te le dire... Il me répond : « Le rhum va avec ? » Il buvait sec, le salaud... que du rhum... il tenait le coup comme une vieille barrique en chêne... jamais bourré... toujours lucide... il savait tout... mais pas comme toi... qui étales ta science comme une morgue... celle qui commence avant le moindre mot par

183

rechercher le pedigree du quidam et les signes distinctifs de sa lignée… universitaire… et patati et patata…

THOMAS. – La connaissance peut être utile pour la compréhension…

HENRY. – C'est ton jeu… mais tu passes par le filtre de centaines d'exemples jusqu'à ce que ta réponse n'ait plus une once de valeur personnelle… Mon « Tsip » était au-delà… il avait tout décanté… cette science qui t'éloigne des êtres…

THOMAS. – C'est bien là le point central, mon cher…

HENRY. – Quel point central ?

THOMAS. – Tu confonds tout, Henry…

HENRY. – Je ne confonds rien…

THOMAS. – Écoute-moi…

HENRY. – Holà… je devrais t'obéir ?

THOMAS. – Veux-tu être affranchi ?

HENRY. – Oui… mais pas par toi… tu m'as trompé !

THOMAS. – Je poursuis…

HENRY. – Attention à ce que tu dis…

THOMAS. – Bien sûr… bien sûr… Ton ami… avait renoncé au pouvoir bien qu'ayant la science idoine pour l'exercer… alors que toi… tu veux le pouvoir bien que n'ayant aucun savoir pour l'exercer… tu n'es pas le seul… mais ça te ronge !

HENRY. – C'était la raison pour laquelle je t'avais inclus dans mon cercle…

THOMAS. – J'avais bien compris le sens de ta phagocytose… tu voulais une complicité… mais j'avais une autre réponse…

HENRY. – Laquelle ?…

THOMAS. – Tu m'as demandé une aide ciblée… je te l'ai donnée…

HENRY. – C'est ça… tu découpes en rondelles de saucisson… aucun intérêt…

THOMAS. – Tu me plaisais, Henry… tu étais atypique, original, différent…

HENRY. – Un fossile néandertalien en quelque sorte…

THOMAS. – Tu avais du charme, Henry… mais tu as filé comme ces midinettes qui découvrent les roueries de la séduction et perdent leur innocence en les mettant en scène… elles deviennent, alors, d'horribles cabots !

HENRY. – La séduction serait une erreur ?

THOMAS. – Tu fus… attachant…

HENRY. – C'est ça… attachant comme un petit toutou que l'on trouve dans la rue et qui remue la queue-queue parce que le grand monsieur lui a donné un nonos…

THOMAS. – J'ai participé à ton élévation en réglant le différend que la justice aurait pu te coller sur le dos… ce qui ne vaut pas adhésion à tes thèses…

HENRY. – Tu as refusé de souscrire à ma requête… d'avaliser mes pouvoirs… d'intercéder auprès du cureton pour me libérer… refusé mon élan… d'un nouvel horizon… tu le qualifies avec dédain de « Schibboleth »… je voulais te nommer… à Rome…

THOMAS. – Henry… tu rêves… arrête cette comédie…

Soudain arrive Fil qui casse le rythme du dialogue.

HENRY. – Qu'est-ce que tu viens faire ici ?

FIL. – T'aider…

HENRY. – Je n'ai besoin d'aucune aide… mais puisque tu es là, tu peux rester… tu assistes… tu te tais… j'avais encore quelques mots à dire à ce monsieur…

Henry, qui était debout, s'élève encore de toute sa taille…

THOMAS. – Je t'écoute, grand illuminé…

HENRY. – Moque-toi…

Henry va se placer bien au centre du plateau… Le mannequin de Thomas derrière le banc n'a pas bougé… Fil est à l'extrême droite du plateau, en retrait, et s'assied sur son pliant… Henry a de l'espace pour évoluer.

THOMAS. – C'est la dernière question… Aurais-tu des difficultés à la traiter… Henry ?…

HENRY. – Tu m'as trompé…

THOMAS. – Tu t'es trompé !

HENRY. – Je vais fonder un grand empire… Ce sera un très grand règne… une nouvelle dynastie… Tu n'as pas voulu m'aider pour effacer le lien idiot qui me liait à cette femme infructueuse… sous prétexte que les liens du mariage sont sacrés… Alors j'ai décidé que le sacré serait mon affaire… Je me divorce en créant ma religion… et parce que tu t'opposes à moi, je t'informe que tu seras jugé et passé par les armes…

THOMAS. – Henry… reviens sur terre…

HENRY. – J'y suis… Henri VIII, mon exemple… Tu l'as vu avec sa Boleyn… sa réforme ! *Exit* le pape… Moi aussi, je travaille à ma révolution… mais comme vous vous opposez à ma logique… je suis allé voir le Grand L'Eff… il me donne sa fille, ce qui prouve son estime à mon égard… Il s'allie à moi… pour réunir tous les territoires… ce sera un empire…

THOMAS. – Quelle alliance ?… quels territoires ?…

HENRY. – Les peuples de L'Eff !

THOMAS. – Tu en connais les conséquences ?

HENRY. – Je serai Henry le Huitième… au pouvoir !

THOMAS. – Celui qui dicte ses besoins particuliers au détriment de l'intérêt général !

HENRY. – Parce que tu ne fais que penser à l'intérêt général… toi, avec ta morgue ?

THOMAS. – Henry, tu vas établir une communauté dans un ensemble qui n'en veut pas… mais il y a un point que je ne peux accepter, Henry… Dis-moi ! Ta nouvelle…

HENRY. – Ma Nouvelle Métarrythmisi…

THOMAS. – Métarrythmisi… ta réforme… le *Schibboleth* selon ma définition…

HENRY. – Je ne te permets pas !

THOMAS. – Je te permets bien de me traiter de *psittaceur…*

HENRY. – Va !

THOMAS. – Ta Métarrythmisi… que propose-t-elle en résumé ?

HENRY. – Tout ce que tu n'aimes pas !

THOMAS. – Fil, tu sais ce que propose ce dogme ?

HENRY. – Tais-toi !

FIL. – Henry… du calme… dérange-toi, reviens vers nous… je suis vraiment peiné de t'avoir joué la comédie… On avait imaginé ta promotion impériale, mais c'était une farce, tu le sais bien… abandonne ce rôle…

HENRY. – Mais je ne joue aucun rôle… mon cher ! Aucun.

FIL. – Alors tu veux que j'expose le contenu de ta réforme ?…

HENRY. – Mais oui… et comment !… puisque tu y participes !

FIL. – Bon… on peut dire… que le…

HENRY. – Dis-le !

FIL. – … le pape n'a plus aucun pouvoir… Henry le Huitième a tous les pouvoirs… Henry nomme les cardinaux… Les religieux se marient et ont des enfants… La Bible n'est plus la référence puisque Henry écrit un nouveau Livre saint qui sera édité… On se marie, on divorce sans soucis…

THOMAS. – Et les femmes ?

FIL. – Je crois qu'elles peuvent trouver leur place dans la prêtrise !

THOMAS. – C'est juste, Henry ?

HENRY. – Pourquoi serait-ce faux ?

THOMAS. – Je répète… est-ce écrit ?

HENRY. – Même si cela ne l'était point… puisque je le décide… c'est donc possible !

THOMAS. – Cette réforme ne correspond pas aux marottes de L'Eff… ça ne le gêne pas ?

HENRY. – Mais c'est moi qui décide…

THOMAS. – Tu fais entrer L'Eff dans le cercle comme le cheval de Troie est entré dans la ville pour déverser ses guerriers au cœur même de l'espace…

HENRY. – Je te dis que c'est moi qui dirige… tu vas m'écouter ?

THOMAS. – Non, c'est toi qui m'écoutes… tu veux continuer la farce parce que cela t'arrange bien… mais au fond de toi, tu es lucide dans ta bêtise…

HENRY. – Rhétorique…

THOMAS. – Tu t'arroges des droits que tu n'as pas… tu n'as ni droit ni compétence… d'autant que seul le peuple donne cette légitimité par un vote… Tu ne peux t'autoproclamer… Si tu entreprends cette pantomime, la justice aura tôt fait de te remettre au pas, je crois même, Henry, que tu vas faire une grosse connerie…

HENRY. – Dialectique…

FIL. – Écoute-moi, Henry… Prenons le temps de revenir aux entretiens que nous avions tous les deux… Tu avais analysé la duplicité de L'Eff… les femmes aussi… qui sont parquées, drapées, cachées… contre ta logique… sa religion… très…

HENRY. – Il est d'accord !

FIL. – Sur quoi ?…

HENRY. – Sur tout… il me l'a dit…

THOMAS. – Il ne t'a rien dit… Il te donne sa fille, la quatorzième, comme s'il te donnait sa première chemise… Il n'a qu'un souci… que tu l'adoubes pour qu'il gagne en protections… Tu diriges comme un coq… Lui derrière, en sourdine, il ramassera… Tu vas être le premier chiffonnier à entériner un accord contre nature, non pas avec ses hommes, non pas avec tes hommes… mais contre le peuple environnant…

FIL. – Je veux préciser…

THOMAS. – Attends… tu vas dresser les populations de L'Eff contre les peuples de l'espace ancien… tu es un misérable !

FIL. – Henry… je te précise… qu'il est hors de question que nous soyons d'accord avec ce lien… Henry, tu y vas seul… mais nous nous retirons de tous les accords qui nous liaient…

HENRY. – Tu parles pour toi… mais tu ne représentes pas tous les chefs !

UNE VOIX. – Si, il représente tous les chefs !

Alors les caciques sortent posément des buissons et viennent se positionner en arc de cercle de part et d'autre du banc… Henry est au centre, de plus en plus hors de lui… Voilà Glog, Scribe, Bell, Stumpf… et Gus, qui arrive en dernier, poussant sa carriole sur laquelle est planté son parasol… Il s'installe sur un pliant et se sert à boire… Grand silence… À côté de lui, Bonze, en costume chinois, tient toujours sa tapette à mouches.

GUS. – Si… Fil a bien dit ce qu'il fallait dire !

HENRY. – Alors c'est une mutinerie ?

192

GLOG. – Une mise au point !

HENRY. – Une sédition bourrée de fiel ?

STUMPF. – On vient vider la citerne !

HENRY. – Ce serait une subversion organisée ?

BELL. – Une clarification !

HENRY. – Verrais-je là une insubordination ?

SCRIBE. – En réalité, une conclusion !

HENRY. – Quelle belle brochette de faux-culs !

GUS. – Henry, il est temps… Nous sommes venus te dire que ce temps est arrivé… Tu déraisonnes… Enfin, tout ça est irréaliste… Quittons ce jeu !

HENRY *(montrant Thomas)*. – C'est lui le traître, hein… c'est lui ?

GUS. – Non, Henry… le coupable, c'est toi…

HENRY. – Moi ?… moi ?… Je vous ai donné votre chance… vos territoires… vos pécules… vos armes… vos pouvoirs… Moi, je vais donner au monde une nouvelle indépendance… *(tout en parlant, il se rapproche du banc derrière lequel se trouve le mannequin de Thomas)*… et il faudrait que je subisse vos diktats contraires que cet individu a instillés dans vos veines, votre sang, vos neurones… *(Il met la main sur la croix de son bourdon et en sort une épée…)* … vous, sycophantes, toi et ton *Schibboleth…* non !

Il se jette sur Thomas et lui tranche la tête… elle roule et tombe… Les caciques hurlent.

GUS. – Henry ! Qu'as-tu fait ?

HENRY *(seul au milieu, vainqueur).* – Ce qu'il fallait faire… À présent, je règne… Venez me chercher… si vous en avez le courage… poltrons que vous êtes à rester planqués… ici, comme ailleurs… Moi seul… Henry le Huitième, j'ai vaincu la malédiction… j'ai tranché net la dernière bastille qui s'opposait à ma liberté… puisque personne ne voulait le faire… je l'ai fait… Où êtes-vous, vous autres, misérables ?… c'est moi qui vous ai faits… Venez, inclinez-vous… *(Le cercle des caciques, prudent, n'avance pas et attend… La fièvre perdure… Le silence s'installe… Par leurs attitudes, les caciques se désolidarisent. Gus pose ses boissons sur sa carriole, Glog grignote des arachides, Scribe lit un journal, Bell et Stumpf, assis par terre, jouent aux cartes, Bonze guette les mouches, Fil est toujours assis sur son pliant… Henry est resté immobile, l'épée à la main : il ne sait plus quoi faire et regarde, hébété, les caciques… Puis soudain, il regarde le corps de Thomas sans tête… son épée… Il avance doucement et recherche au sol la tête de Thomas… Le vrai Thomas caché derrière le banc fait rouler la tête au centre du plateau… Hurlement d'Henry qui saute trois pas en arrière… Personne ne bouge… Les caciques restent indifférents… Il est seul avec son dilemme.)*

194

Qui est caché là-derrière ?... il y aurait encore des têtes à couper ?... *(Personne ne répond.)* Mais qui s'oppose encore à moi ? *(Silence...)* Répondez... *(Silence... Henry regarde ses mains qui tiennent l'épée...)* C'est moi ? C'est moi qui... *(Silence... Henry devient suppliant et s'effondre progressivement.)* Répondez... répondez-moi... dites-moi... où est le coupable qui m'a trahi... Gus... je t'en supplie... viens...

GUS *(ne le regardant pas, se servant une tasse de thé et buvant, indifférent).* – Interroge-toi, Henry !

HENRY. – C'est moi ? *(Les caciques lèvent tous la tête...)* C'est moi ? *(Les caciques le regardent...)* C'est moi ? *(Glog arrête de grignoter, Scribe replie son journal, Bell et Stumpf rassemblent leurs cartes, Bonze place son outil sous le bras... Ils quittent tous lentement le plateau sans un regard pour Henry... Henry est seul... Gus part tranquillement le dernier en poussant sa carriole... Ne reste plus que Fil à l'extrémité du plateau, assis sur son pliant...)* Fil ! C'est moi, hein... ?

Fil le regarde avec compassion. Sur le plateau, il ne reste que la tête et le mannequin décapité, Henry qui pleure de tout son corps et Fil assis sur son pliant...

On entend alors la voix de Thomas, mais sans le voir.

THOMAS. – Henry, tu voulais le pouvoir... hein ?

HENRY *(abattu, ne se rendant pas compte, croyant répondre à une voix intérieure).* – Ah, le pouvoir !

THOMAS. – Eh bien, tu l'as !

HENRY. – Qui parle ?

Derrière lui arrive Thomas, qui ramasse la tête et la place sur le banc. Il pose la main sur l'épaule d'Henry…

THOMAS. – Moi !

HENRY *(sursautant et se retournant, puis voyant Thomas, puis la tête et le mannequin)*. – Oh, c'est toi ? C'était vrai… ce n'était qu'un enchantement… n'est-ce pas ?

THOMAS. – Sans doute !

HENRY. – J'ai vécu un enchantement…

THOMAS. – Tu as failli…

HENRY. – C'est terminé ?

THOMAS. – Il ne tient qu'à toi que cette fatalité ne se reproduise plus !

HENRY. – J'en fais serment !

THOMAS. – Si j'étais toi…

HENRY *(suppliant)*. – Si tu étais moi ?

THOMAS. – Je ne ferais serment d'aucun serment… viens !

Il lui tend la main, mais Henry la refuse… il est à genoux, hébété.

HENRY. – Laisse-moi… Fil… où es-tu ?

THOMAS. – Adieu, Henry !

Thomas quitte lentement le plateau.

HENRY. – Fil… !

FIL. – Oui !

HENRY. – Tu ne m'abandonnes pas, hein ?

FIL. – Je suis là !

Henry s'approche doucement à genoux de la tête de Thomas… Il se lève, va vers le mannequin et constate que c'est un faux. Soudain, comme pris de délire, il éclate d'un rire fou… Il a toujours son épée et réalise des moulinets en direction d'ennemis invisibles… Mais il finit par s'épuiser…

HENRY. – Depuis toujours… on me trompe… hein… Heureusement, je suis là… moi… le Huitième… pour rectifier la vérité ! Venez donc… sinon ma colère sera…

FIL. – Mais non, c'est terminé, Henry…

HENRY *(le regardant, hagard)*. – Quoi ?

FIL *(s'approchant, la main tendue)*. – Viens !

HENRY *(misérable)*. – Où ?

FIL. – Te reposer…

HENRY. – Ah ! ah ! ah !

Henry ouvre sa besace et en sort ses carnets d'écrits. Fil lui tend un nouveau bourdon, il s'en empare… Henry regarde longuement les deux objets puis les jette… Fil les récupère… Henry se redresse. Son visage s'illumine, c'est celui d'un fou… Il rit bêtement… Soudain, il sort et agite sa clochette, puis saute sur place et rit alternativement… Puis, tandis qu'Henry est soutenu par Fil, ils quittent tous deux le plateau.

Rideau.

POSTFACE

« Il est toujours en notre pouvoir d'être tels ou tels ! »
a dit Othello…

Sans doute…

« Mais il est préférable d'être l'icelui qui détient le
pouvoir de pouvoir… » eût dit le Huitième…

Avant de sombrer.

Je vous souhaite bonne route.

alain harmas

GLOSSAIRE

Schibboleth : nom masculin d'origine hébraïque biblique. Mot par lequel les gens de Galaad reconnaissaient ceux d'Éphraïm. Ces derniers le prononçaient différemment, ce qui les rendait suspects parce qu'étrangers ; ils étaient alors égorgés aussitôt (Jean-Christophe Tomasi, *Dictionnaire des termes rares et littéraires*, Chiflet, 2015).

Faire carmintrant : le *carementrant* en provençal du Comtat Venaissin signifie « entrer en carême » et/ou désigne « une femme dépenaillée » – et par extension se traduit par « se déguiser » (Xavier de Fourvières, *Lou Pichot Trésor*, Éditions Aubéron, 2000).

Mob : « populace, canaille » (P. Mérimée, 1862 : abréviation de « mobile » dans l'expression *mobile vulgus*, « foule, populace ») (Jean-Christophe Tomasi, *op. cit.*).

Yoyoter du bitos : locution tirée des *100 Expressions à sauver* de Bernard Pivot, Albin Michel, 2008. Il cite « yoyoter de la touffe » que nous avons transformé en « yoyoter du bitos » : le « bitos » est en argot de l'armée le képi d'un sous-off… ce qui convient mieux à Henry qui se prend pour un chef.

Chabraque : femme déséquilibrée, de l'allemand *Schabracke* (*Larousse*).

Gniard : « gosse », en argot (*Larousse*).

Moufter : protester (*Larousse*).

Nipper : habiller, vêtir (*Larousse*).

Borniquer : « regarder avec difficulté » (Anne-Marie Vurpas, *Le Parler lyonnais*, Rivages, 1993).

Tu m'emmaverdaves : délire de l'auteur.

Radoteux : radoteur (Wiktionnaire).

Marmiteux : « piteux » (Frédéric Godefroy, *Dictionnaire de l'ancienne langue française et de tous ses dialectes du IXe au XVe siècle*, F. Vieweg, 1881).

Nabi : prophète hébreu (*Larousse*).

Bouillaver : « copuler » (J.-C. Mondouïs, Dictionnaire français-argot).

Turbiner : « travailler, marner » (J.-C. Mondouïs, *op. cit.*).

Jocrisse : benêt ridicule qui se laisse mener par le premier venu (*Larousse*).

Escobarderie : du nom d'A. Escobar y Mendoza (1589-1669), jésuite espagnol casuiste. Action ou parole équivoque, simulation ou dissimulation adroite destinée à tromper sans mentir précisément ; fourberie, hypocrisie (*Dictionnaire de l'Académie française*).

Épigone : péjoratif : suiveur, imitateur sans originalité (*Larousse*).

Cranquet : « boiteux, pauvre hère » en provençal (Xavier de Fourvières, *op. cit.*).

Latitudinaire : « qui s'accorde des libertés dans les principes d'une religion » (Jean-Christophe Tomasi, *op. cit.*).

Vartigolerie : « folie, lubie » dans le parler lyonnais. Cf. le journal de *L'Ancien Guignol*, avril 1884 : « Eh ! ben ! mes pauvres belins, je sis tout emmiellé et je n'ai tout plein de tarabustements. C'est maintenant la mode des jornals à un sou, avec ou sans prime, les papelards que font de japillages et de blagues impolitiques vont ramier. Tous vos yards ; si je remonte pas mon méquié avé une autre mécanique, y faut que je leur z'y coupe le fil et que j'aiguise mes feurces pour manigancer quèque *vartigolerie* et que je débobine aussi de gognandises impolitiques, arrimay ! »

J'va chercher min sac ! : ch'timi.

Dézinguer : « démolir, tuer », argot militaire (Abdelkarim Tengour, *Tout l'argot des banlieues*, Éditions de l'Opportun, 2013).

Agassin (agacin) : « cor au pied » (Nizier du Puitspelu, *Le Littré de la Grand'Côte*, 1895).

Lansquiner : « pleuvoir » (Bob, dictionnaire d'argot sur Lexilogos).

Pébroque : « parapluie » (Argoji, dictionnaire d'argot classique sur Lexilogos).

J'entrave que nib :

– entraver : « comprendre » (Argoji, *op. cit.*) ;

– nib : « rien », argot du Maghreb (Dictionnaire du CNRS ; Bob, *op. cit.*).

Galéjade : « plaisanterie » en provençal (Xavier de Fourvières, *op. cit.*).

Allodapos : « étrangers » en grec (Lexilogos).

L'Igétis : « chef, leader » en grec (Lexilogos).

Débâcler : ôter la bâche fermant une porte (*Larousse*) ; « ouvrir » en argot (Argoji, *op. cit.*).

Cureton : « curé » (Argoji, *op. cit.*).

Pignouf : individu grossier (*Larousse*).

Cuchons pour relinger le mec : « tas, amas » pour « habiller » l'homme (Gilbert Salmon, *Le Parler du Lyonnais*, Christine Bonneton, 2010).

Mouflet : enfant (*Larousse*).

Arcandier : « bonimenteur sur les foires foraines » en provençal du Comtat (Wiktionnaire).

Ich sterbe hier ! : « Je meurs ici ! »

« Venes touti au calissoun » : jeu de mots. Le « Venez au calice » (*Venite ad calicem*) que demande le prêtre pour aller communier devient « Venez tous au calisson »… une friandise d'Aix-en-Provence, un délice.

Succube : démon qui prend l'apparence d'une femme pour avoir des relations sexuelles avec un homme (*Larousse*).

Gnafroneries : de Gnafron, personnage de Guignol (Nizier du Puitspelu, *op. cit.*).

Galapiat : vaurien (*Larousse*).

Berlurer : de « berlue », lésion de la vue, tromper quelqu'un (*Larousse*).

Cague-brailles : en provençal, pantalon trop grand, donnant l'impression que son porteur aurait déféqué dedans (Wiktionnaire).

J'me gaffe dur : « Je me trompe » (San-Antonio).

Prostateftikos : « protecteur » en grec (Lexilogos).

Zitianos : « mendiant, gueux » en grec (Lexilogos).

Astynomikos : « policier » en grec (Lexilogos).

Roumanikos : « Roumain » en grec (Lexilogos).

***Man man chi* (慢慢吃) :** « bon appétit » en chinois (*Nouveau Dictionnaire français-chinois et chinois-français*, Éditions de Beijing, 2000).

Loqueteux : vêtu de loques, misérable (*Larousse*).

Galine : du provençal *galina*, « poule ».

Coucourde : « courge » en provençal, mais signifie aussi « idiote » (« Une vraie coucourde ! ») (Xavier de Fourvières, *op. cit.*).

Métarrythmisi : « réforme » en grec (Lexilogos).

***Qué moun beu ?* :** « N'est-ce pas, mon beau ! » en provençal du Comtat... Le *beu* se prononce « béou », avec un fort accent tonique sur le « é ».

207

Barguignage : sans hésiter, franchement (*Larousse*).

Ganbei ! (干杯 !) : « À votre santé, tchin tchin » en chinois (*Nouveau Dictionnaire français-chinois et chinois-français, op. cit.*).

Complotiste : qui soutient une théorie du complot (*Larousse*).

Lectisterne : chez les Romains, cérémonie religieuse consistant à offrir un baquet aux images des dieux placées sur des lits de parade (*Larousse*).

Le Grand Zig : « chef » en argot de police (San-Antonio).

Allez veiran ben ! : « Allez, on verra bien ! » en provençal du Comtat.

Zai jian (再见) : « au revoir » en chinois ; se prononce « Tjian ».

Mirliflore : jeune élégant satisfait de sa personne (*Larousse*).

Bélître : homme de rien, coquin (*Larousse*).

Infundibuliforme : « qui a la forme d'un entonnoir » (Jean-Christophe Tomasi, *op. cit.*).

Mitan : « milieu » en provençal (Xavier de Fourvières, *op. cit.*).

Crespinetto : « peau gercée » en provençal du Comtat (Xavier de Fourvières, *op. cit.*).

Odigos : « guide, conducteur » en grec (Lexilogos).

Megálo Empnefsméni : « grand inspiré » en grec (Lexilogos).

Teste d'ase : « tête d'âne » en provençal du Comtat.

Cagade : problème (Argoji, *op. cit.*).

Combinazione : « arrangement » en italien (*Le Robert et Collins d'italien*).

Instructurelles : lu dans un poème sur Internet…

Psittaceur : dérivé du grec *psittakos*, « perroquet ». Qui répète (Wiktionnaire). (Nous déclinons les possibilités de ce mot.)

Des peaux de saucisson sur les carreaux : « ne pas voir ce qu'il se passe » en parler lyonnais.

Cosmologue : spécialiste du cosmos (*Larousse*).

Tsip : « puce » en grec (Lexilogos).

Bibliographie : Aux Editions Alain Iametti

Le soupir du batracien

ISBN : 979-10-967883-00-7 (Novembre 2016)

Scherzo haletant… deux points d'orgue… très mollo… pour cactus solo

ISBN : 979-10-967830-02-1 (Mars 2017)